www.ingramcontent.com/pod-product-compliance
Lightning Source LLC
LaVergne TN
LVHW050803051026
849532LV00008B/2948
9789369087280

کنگن

(افسانے)

عصمت آرا

Kangan *(Short Stories)*
by: Ismat Aara
Edition: April '2025
Publisher :
Taemeer Publications LLC (Michigan, USA / Hyderabad, India)

ISBN 978-93-6908-728-0
9 789369 087280

کتاب	:	**کنگن** (افسانے)
مصنفہ	:	**عصمت آرا**
صنف	:	فکشن
ناشر	:	تعمیر پبلی کیشنز (حیدرآباد، انڈیا)
سالِ اشاعت	:	۲۰۲۵ء
صفحات	:	۷۲
سرورق ڈیزائن	:	تعمیر ویب ڈیزائن

فہرست

پیش لفظ

یہ ضروری نہیں کہ فن کے لئے ایک نظریہ اورنصب العین ہو لیکن بین الاقوامی سطح پر یہ دیکھا گیا ہے کہ وہی ادب زندہ اور جاوید رہا جس نے انسان کو خوبصورت جذبوں سے آشنا کیا اور انسانیت کے ان بلند اقدار سے نوازا جس سے زندگی اور بھی خوبصورت بن جاتی ہے ——!

میں یہ کہانیوں کا مجموعہ " کنگن " اپنی بیٹی غزالہ جمیل کے نام معنون کرتی ہوں جسے ادب سے دلچسپی ہی نہیں بلکہ اُسے لکھنے کا بھی شوق ہے۔!

عصمت آرا

اس نے اس ویران میدان میں جہاں ایک گل مہر کا درخت اپنے پھولوں سمیت ہنس رہا تھا۔ کار روک دی اور اتر پڑا۔ شام کے سائے گہرے ہوتے جا رہے تھے، ماریا نے حیران ہو کر دیکھا وہ گل مہر کے سائے میں آنکھیں بند کر کے بیٹھ گیا۔

ماریا بھی کار سے اُتر آئی اور اُسے حیران نگاہوں سے دیکھنے لگی۔ وہ بہت خاموش آنکھیں بند کئے کچھ سوچ رہا تھا۔ تب ہی اس نے آنکھیں کھولیں جیسے کوئی اس کے سامنے کھڑا تھا۔

بابا جب بھی میں کسی گتھی میں الجھتا ہوں یہاں آکر مجھے اس کا حل مل جاتا ہے۔ آج بھی میں اِسی غرض سے آیا ہوں تم میری رہبری ہمیشہ کرتے رہے ہو۔

ماریا سوچنے لگی ڈاکٹر رشید پاگل تو نہیں ہو گئے، آخر وہ کس

سے باتیں کررہے ہیں ۔ کیوں کہ وہاں ان دونوں کے علاوہ کوئی تیسرا متنفس موجود نہ تھا۔

پھر سب کچھ ختم ہوگیا ، ڈاکٹر رشید اپنے معمول پر لوٹ آیا اور اس نے ایک گہری معنی خیز نگاہ ماریا پر ڈالی ، ان نگاہوں سے ماریا کا دل خوف سے تھرا گیا ۔ کیوں کہ کچھ عجیب سی روشنی اس کی نگاہوں یں موجود تھی۔

بیٹھ جاؤ ماریا' یہ جگہ بڑی مقدس ہے ۔ اور میری زندگی کی شروعات یہیں سے ہوتی ہے۔

تم بھی عجیب باتیں کرتے ہو ڈارلنگ ماریا زور سے ہنسی ۔

یہ مذاق نہیں ماریا ، یہ حقیقت ہے ۔ آؤ تمہیں ایک کہانی سناتا ہوں ۔

ماریا ہمہ تن گوش بن گئی ۔

بیس سال پہلے پانچ سال کا ایک چھوٹا سا بچہ اِسی جگہ بیٹھا رورہا تھا اور اِسی جگہ ایک ضعیف آدمی آنکھیں بند کئے بیٹھا تھا ۔ پھر اچانک اس نے آنکھیں کھولیں ۔

بچے کیوں روتے ہو ۔؟ شاید تمہیں بھوک لگی ہے ، لو کھاؤ اس نے تھیلے سے ایک ڈبل روٹی نکال کر دی ۔ اور وہ بھوکا بچہ روٹی کھانے لگا ۔ پھر اس آدمی نے کہا ، تم یہاں سے سیدھے پچھم چلے جاؤ وہاں تمہارا انتظام ہو جائے گا ۔ مگر بیٹے ایک بات یاد رکھنا ظلم کا ساتھ نہ دینا ، اور ہمیشہ

ہمت اور سچائی سے ظلم کا مقابلہ کرنا، میری دعائیں تمہارے ساتھ رہیں گی۔

پھر وہ بچہ چل پڑا سیدھا پچھم کی طرف، یہاں ایک کار میں ایک بوڑھا سیٹھ بیٹھا رو رہا تھا۔ جب اس سیٹھ کی نظر اس بچے پر پڑی تو وہ مارے خوشی کے اُچھل پڑا۔

تم میرے بیٹے ہو، تم مجھے چھوڑ کر کہاں چلے گئے تھے۔ وہ اس بچے کو لپٹا لپٹا کر رو رہا تھا۔ اور اس سیٹھ کا شوفر حیرت سے اُسے تک رہا تھا۔

سیٹھ جی یہ بچہ۔؟ شوفر نے پوچھا۔

یہ میرا کھویا ہوا بیٹا ہے۔ تم نہیں جانتے، اِسے میں نے کہاں کہاں نہ تلاش کیا۔

مگر حضور یہ کیسے جانا کہ یہ آپ ہی کا بیٹا ہے۔ اِسے گُم ہوئے تین سال ہوگئے۔

کیا میں اپنے بیٹے کی صورت بھول سکتا ہوں؟ —— تم بھی کتنے بے وقوف ہو۔

وہ سیٹھ اُسے کار میں بٹھا کر گھر لے آیا۔ پھر وہ بچہ بڑا ہو کر ایک ڈاکٹر بنا۔ مگر اُسے وہ جگہ نہ بھولی جہاں ایک گل مہر کے درخت کے نیچے ایک بوڑھا آدمی ملا تھا۔ اس نے بار بار اس جگہ آکر اس بوڑھے کو تلاش کیا مگر وہ پھر کبھی نہ ملا، لیکن اتنی بات ضرور تھی کہ اس جگہ آکر اسے ایک قلبی سکون ملتا تھا۔ وہ جب بھی پریشان ہوتا اس جگہ آکر بیٹھ جاتا

اور اس کے دل کو ایک روشنی سی ملتی رہتی۔

تمہاری باتیں دلچسپ ہیں، مسٹر رشید ماریا بے یقینی سے مضحکہ خیز ہنسی ہنسی۔

تمہارے یہ ہاتھ کتنے خوبصورت ہیں! اچانک ڈاکٹر رشید نے اس کی دونوں کلائیاں تھام لیں اور کہنے لگا ان میں سنہری کنگن کتنے خوبصورت لگیں گے، میں نے اکثر سوچا ہے۔

تو پھر پہنا کیوں نہیں دیتے؟ ماریا دلبرانہ انداز میں ہنسی اور پھر اپنی دونوں کلائیاں آگے کر دیں۔

ہماری دوستی کتنی پُرانی ہے۔؟ رشید نے پُوچھا۔

کوئی تین چار سال۔

اِتنے عرصے میں نے کبھی تم سے کسی کنگن کا وعدہ نہیں کیا۔ مگر آج میں کہہ رہا ہوں کہ تمہیں کنگن ضرور پہناؤں گا۔ اس نے جیب سے ہتھکڑی نکالی اور ماریا کے ہاتھوں میں پہنادی۔

یہ کیا مذاق ہے۔؟ ماریا غصہ سے غرّائی۔

مس ماریا میں ڈاکٹر رشید نہیں مُلک کا مشہور سُراغ رساں ہوں تین سال تک تمہاری محبت کا دَم بھرتا رہا۔ لیکن کبھی حقیقت تک نہیں پہونچ سکا۔ لیکن اس جگہ آکر تمہاری حقیقت معلوم ہوگئی۔ تم ایک غیر ملکی جاسوس ہو۔ اور تم بھی میری حقیقت اچھی طرح جانتی ہو۔ مانا کہ تم نے کبھی ظاہر نہ کیا۔ کل رات جب میری آنکھ کھلی تو میں نے

تمہیں اپنے بیڈروم میں کچھ تلاش کرتے ہوئے پایا۔ پھر بھی یقین نہ آیا تو میں اپنے شک کو یقین میں بدلنے یہاں آگیا۔ وہ ابھی آئے تھے اور تمہاری طرف کچھ اشارہ کرکے چلے گئے۔

نان سنس! ماریا بھبھوکی شیرنی بن چکی تھی۔

یہ دیکھو تمہارے بیگ میں کیا ہے اس نے ماریا کا پرس اُلٹ دیا۔ غیر ملکی کاغذات، کچھ خطوط، کچھ نقشے۔ اور ایک ننھا سا پستول زمین پر گر پڑا۔"

ماریا نے حیرت اور خوف سے ڈاکٹر رشید کو دیکھا۔ جو اُسے گرفتار کرکے پولیس اسٹیشن کی طرف چل رہا تھا۔

سڑک کے آدمی

بوڑھے احمد کی دلگیر صدا فضا میں گونجی —
"اللہ راہ پر" ایسا لگا کہ اس کی آواز آنسوؤں میں ڈوب گئی۔ کبھی تو ایسا نہ ہوا تھا۔ سڑک کے راہگیروں کا وہی سلسلہ تھا۔ بازار کی وہی رونق تھی۔ نکڑ پر بھیکو حلوائی کی دکان سے ویسے ہی دھواں اُٹھ رہا تھا۔ بجلی کے کھمبے سے ٹیک لگائے احمد کبھی کبھی یہی صدا لگاتا، اور پھر کسی سوچ میں ڈوب جاتا۔

پچھلے سات سال سے وہ اسی جگہ مقیم تھا' جاڑا، گرمی اور برسات ہر موسم میں وہ صبح کے چھ بجے سے لیکر شب کے دس گیارہ بجے تک یہیں رہتا۔ گویا یہ اُس کا آبائی مکان تھا، جس کی کوئی دیوار تھی اور نہ دروازہ — سڑک کا شور تھا، ہنگامے تھے۔ بسوں کی گڑگڑاہٹ رکشوں اور سائیکلوں کی سنسناہٹ، مگر احمد کے چہرے سے یہی ظاہر ہوتا وہ اپنے

گھر میں بیٹھا اپنی ضروریات اپنے گھر والوں سے مانگ رہا ہے اور رستہ چلتے لوگ پانچ دس پیسے کے سکے اس کے کشکول میں پھینک کر آگے بڑھ جاتے۔

کبھی کبھی ٹریفک کا شور بڑھ جاتا۔ ہنگامے تیز ہو جاتے سڑک بند ہو جاتی۔ اب لگتا وہ اس بھیڑ میں کچل جائے گا۔ لیکن سواریوں اور آدمیوں کا سیلاب آگے نکل جاتا تو لہروں میں چھوڑے جھاگ کی طرح وہ اسی طرح ہاتھ پھیلائے نظر آتا۔

اُس کی ٹانگیں نہیں تھیں۔ مگر اُس کے چہرے کی طمانیت سے ظاہر ہوتا اُسے کوئی دُکھ نہیں۔ لیکن پچھلے تین دن سے اس کے معمول میں فرق آگیا تھا۔ اس کی صدا آنسوؤں میں ڈوبی محسوس ہوتی تھی، بات یہ تھی کہ تین دنوں سے اُس کے کشکول میں بس چند ہی چھوٹے سکے نظر آتے تھے۔ جنھیں وہ بڑی حسرت سے دیکھتا اور پھر اس کی نگاہیں سامنے کے فُٹ پاتھ پر اُٹھ جاتیں۔ جہاں ایک اندھا فقیر آگیا تھا۔ اندھے فقیر کے پکے بال اور مسکین چہرہ لوگوں کی توجہ اپنی طرف کھینچ لیتے۔ اور اس کے پیالے میں ڈھیر ساری ریزگاریاں اکٹھا ہو جاتیں۔ بوڑھے احمد کے بے اختیار آہ نکل جاتی۔ اسے ایسا محسوس ہوتا کہ اس کی عملداری پر کسی نے زبردستی قبضہ کر لیا ہے۔

پھر ایسا ہوا کہ احمد کی صدا بہت کم سُنائی دینے لگی، بھیکو حلوائی اب بھی کبھی ترکاری اور پُوری اس کے آگے رکھ جاتا۔

اس دن آسمان اَبر آلُود ہو چکا تھا، بوندیں گرنا شروع ہوگئیں بڈھے نے

اپنا چھاتا کھول دیا۔ اور اپنی گدڑی سمیٹ کر بیٹھ گیا۔ سامنے اندھا فقیر بھیگتا رہا اس کے برف کے سے سفید بالوں پر قطرے موتیوں کی طرح ڈھلکنے لگے۔

نہ جانے کونسی سوچ میں گم وہ آہستہ آہستہ بڑبڑا رہا تھا۔ پھر موسلا دھار بارش شروع ہوگئی۔ احمد پورے جسم سے شرابور ہو چکا تھا قطروں کے دھند میں اسے کچھ بھی نظر نہ آیا۔ سڑک گھٹنوں پانی میں ڈوب چکی تھی اس کا کشکول پانی پر تیرنے لگا۔ جسے اس نے جھپٹ کر پکڑ لیا۔ جیسے یہ اس کی آخری پونجی ہو۔

اچانک دو ہاتھوں نے پوری قوت سے اُسے اپنی طرف کھینچ لیا اور اسے اٹھا کر دکان کی شیڈ میں لے گیا۔ وہ ابھی سنبھلنے بھی نہ پایا تھا کہ ایک آواز کی شیرینی میں ڈوب گیا۔

بھیا! پانی میں بھیگ کر مرو گے کیا۔؟

وہ ہمدردی کی آواز تھی انسانی محبت کی بات تھی۔

اس نے پلٹ کر اپنے محسن کو دیکھا۔ یہ وہی اندھا فقیر تھا جس کی خلش اسے کئی دنوں سے پریشان کر رہی تھی۔

نفرت اور جلن کا لاوا اُس کے اندر اُبلنے لگا۔

لیکن اندھے فقیر کی شفیق مسکراہٹ دیکھکر کچھ بولنے لگا اندھے نے دو بیڑیاں سلگائیں اور ایک اس کے ہاتھ میں تھما دی۔

احمد کے دل کی آگ پر جیسے کسی نے راکھ چھڑک دی۔ اور وہ بیڑی کے کش لگانے لگا۔ پھر اس کا کندھا پکڑ کر بولا۔ تم اس علاقے

میں نئے آئے ہو۔؟

بس تین چار دنوں سے ۔ عجیب مصیبت میں پھنس گیا ہوں ۔

مگر بھائی تم کچھ ناراض لگتے ہو ۔! اندھے کی چھٹی حس کام کر رہی تھی ۔ اور وہ احمد کی ناگواری کو محسوس کرنے لگا تھا ۔

تم کیا جانو میری مصیبت ۔؟ احمد نے بیزاری سے اپنا کندھا سکوڑا ۔

اندھا چبوترے پر بیٹھ چکا تھا ۔ پانی کے قطرے اس کے بالوں سے اب بھی ڈھلک رہے تھے

خداوند اندھے کی آواز میں کپکپاہٹ تھی ۔ اس دنیا میں کوئی بھی سکھی نہیں ہے ۔!

تم کہاں کے رہنے والے ہو ۔؟ احمد نے بالکل پولیس کے سے انداز میں پوچھا ۔

برھم پورا کا' یہاں میرا آنا ایک ساتھی کے ساتھ ہوا تھا ۔ وہ یہاں گھومنے اور اپنی خالا سے ملنے آیا تھا ۔ مگر ایک دن وہ مجھے بٹھا کر گیا تو واپس نہیں آیا ۔ اسی دن میں نے سُنا کہ سڑک پر کسی کا ایکسیڈنٹ ہوگیا ہے ۔ اور میں تب سے یہاں بیٹھا اس کا انتظار کر رہا ہوں ۔ میں یہاں سے کیسے ہٹ سکتا ہوں ۔ پھر وہ مجھے کہاں کہاں تلاش کرے گا

اندھے کی آواز بھرا گئی تھی ۔ اور داڑھی میں چھپا چہرہ اور بھی مسکین ہوگیا تھا ۔

نُنجے احمد کا دل پگھلنے لگا۔ تب تک تم میرے ساتھ رہو۔تمہیں اورکہیں جانے کی ضرورت نہیں۔اُس نے مضبوط لہجے میں کہا۔کہاں تو یہ نفرت یہ جلن اور کہاں یہ اپنا پن ۔ جیسے وہ اس کا مہمانِ خصوصی تھا۔

اور اسی دن سے لوگوں نے دیکھا دو فقیر پہلو بہ پہلو بیٹھے ہیں ایک اندھا اور ایک لنجا ایک صدا لگاتا اندھے محتاج کو دوسرا اس میں ٹکرا لگاتا راہِ خدا میں ۔

عصمت آرا

اپنا آنگن

رحیمن یعنی سلوا کی ماں سر پیٹ پیٹ کر کوس رہی تھی کھدا گارت کرے خظجنی کو اس نے مجھے لُوٹ لیا برباد کر دیا' میں کہیں کی نہ رہی ہائے اس مونڈی کاٹی نے میری بیٹی کو بہکا لیا ہائے اللہ اب میں کیا کروں ـــ؟ خظجنی تجھے کیڑے پڑیں، کوئی چننے والا نہ ملے۔

سلوا کی ماں ایک قیامت برپا کئے تھی، بات صرف اتنی تھی کہ سلوا نے ماں کے ساتھ جانے سے انکار کر دیا تھا۔ وہ اپنی حفیظی کو چھوڑنے پر رضامند نہ تھی۔

ہائے سلوا تیرے بیاہ کا مجھے کتنا ارمان تھا۔ کتنی چاہ تھی تجھے دُلہن بنانے کی ـ ہائے تو نے میرے سارے کئے کرائے پر پانی پھیر دیا، وہ دونوں ہاتھوں سے چھاتی پیٹ پیٹ کر چلا رہی تھی۔

جب چیخنے چلانے کا اثر نہ دیکھا تو جہیز کے سارے جوڑے جامے

نوچ کر آنگن میں پھینک دئے اور ایک بار پھر ہائے ہائے کر کے اوندھی گر پڑی۔

ماں تو پاگل ہوگئی۔! سلوا نے اسے اٹھانے کی ناکام کوشش کی ذرا دیکھ تو چچی کتنا رو رہی ہیں—!

چُولہے کی طرف مُنہ پھیرے اس کی چچی حفیظن سر سر آنسو بہا رہی تھی اور سوچ رہی تھی۔

کتنا کچھ کرو۔ کوئی اپنا ہونے والا نہیں۔ آہ جب لوگ فضلو بھیا کی لاش قبرستان لے گئے تو رحیمن بھابی اپنی چھوٹی بچی سلوا کو لیے کیسا پچھاڑیں کھا کھا کر گر رہی تھیں۔ اس وقت کسی نے سہارا نہ دیا۔! سلوا کے باپ کی آمدنی ہی کیا تھی؟ بس چار پانچ روپیے روز مزدُوری کے مِلتے۔ اور ملوا بھی اس وقت کچھ نہ کرتا تھا۔ یہ تو میرا ہی دل تھا کہ دونوں ماں بیٹی کو اٹھا کر اپنے ساتھ لے آئی۔ اپنے اور کس دن کے لئے ہوتے ہیں مگر ہزار کچھ کرو۔ ہاتھ کالے کا کالا رہا۔ میں اپنا اور بچّے کا پیٹ کاٹ کاٹ کر اُن کا جہنّم بھرتی رہی، مگر کاہے کو جب گھٹنا جھکے اپنے ہی آگے۔

تین سال کی سلوا کو پوس پال کر جوان کر دیا۔ اللہ گواہ ہے، میں نے کبھی سوچا بھی نہ تھا کہ اپنے لنگڑے بیٹے سے اس کا بیاہ کردوں گی۔ مگر یہ سب سنجوگ کی بات ہے۔

اور بات یہ تھی کہ جب ملوا کی ماں اپنی جیٹھانی کے ساتھ سج دھج کر لڑکی دیکھنے جاتی تو سلوا کا پارہ چڑھا رہتا۔ بات بات پر جھگڑا

OSS

کرتی اور جب ملوا کے رشتے کی بات طے ہوتے ہوتے کٹ جاتی۔ تو اس دن سلوا ایسے ہی چہکنے لگتی۔ اور ملوا کو چڑا چڑا کر کہتی کون دے گا لنگڑے کو بیٹی ——؟

اور معصوم ملوا کھسیا کر اس کی چُٹیا پکڑ لیتا اور دو تین دھپ جما دیتا اچھا خاصہ تندرست لڑکا تھا۔ میٹرک پاس کر کے کسی دوکان میں منشی ہو گیا تھا۔ تین چار سو روپے مل جاتے تھے۔ کبھی اوور ٹائم کام کرتا تو مہینے میں پانچ سو بھی کما لیتا۔ بس ایک ہلکا سا لنگ اس کے بائیں پیر میں تھا ویسے وہ بڑا سادہ لوح اور نیک تھا۔

جب کبھی رشتے کی بات کٹ جاتی۔ حفیظی سارا دن مُنہ اوندھائے پڑی رہتی۔ ملوا چڑ کر کہتا ماں پاگل ہو گئی، میں نہیں کرتا شادی۔

مگر یہ سلوا کیوں اتنا خوش ہوتی۔؟ اس نے سوچا کیا سلوا چاہتی ہے کہ میں ساری زندگی کنوارا رہوں بھلا اسے مجھ سے کیا دشمنی ہے۔؟

وہ سلوا کے رویئے پر اکثر پیچ وتاب کھاتا۔

مگر سلوا اس دن بڑے جتن سے دوڑ دوڑ کر گھر کا سارا کام انجام دیتی اس کی دوڑ دھوپ میں رقص کی سی ہم آہنگی ہوتی اور اس کے لب گنگناتے نظر آتے۔

چچی جان منہ دھو رکھئے! ملا میاں کا کہیں جوڑا نہیں ہے۔ ایسا ہی ہے تو کہیں سے لڑکی خرید کر لے آیئے۔ وہ ہنس ہنس کر اپنی ہنسی

دکھاتی ــــ بچی بی منہ پھلاتیں رحیمنی مارنے دوڑتی ـ

کیوں نہ ہو گا اس کا بیاہ ـ ـ؟ ایسے کیڑے پڑ گئے ہیں کیا لڑکے میں

اور سلوا ترنگ میں آکر ہنستی، گاتی اور کام میں مگن نظر آتی ـ بچی خاموش اس چہکتی چڑیا کو دیکھتیں کبھی سوچتیں کیسی اچھی جوڑی تھی سلوا اور ملوا کی مگر بھابی کو کون کہے ، کاٹنے دوڑیں گی، بھلا میرے بیٹے میں کیا خرابی ہے ـ؟ خاصا خوبصورت ڈیل ڈول والا جوان ـ لڑکیاں تو اُسے دیکھتی رہ جاتی ہیں ـ پھر کماؤ مرد ہے ـ کوئی ناکارہ نکما تو نہیں ـ بچی اماں سرد آہ بھرتیں ـ پھر ٹٹولنے کی نیت سے کہتیں وہ سلوا بھی جوان ہو گئی بھابی، اچھا ہوتا لڑکا مل جاتا تو دونوں کا ساتھ بیاہ کر دیتی؟

اے بھلا میری سلوا میں کیا کمی ہے ـ؟ ابھی تو اس کی خالا منہ پھاڑے بیٹھی ہے ـ لڑکا کویت میں پانچ ہزار کی تنخواہ اٹھا رہا ہے ـ خالا کہتی تھیں بس اس بار نعیم آجائے تو سلوا کو بیاہ لے جاؤنگی ـ

اس کی جیٹھانی فخر سے سینہ پھلا کر کہتی ـ

اے لو بھابی کیا لڑکی کو اتنے دُور بھیج دو گی ـ؟ بچی جان کہتیں ایک ہی تو لڑکی ہے ـ

ارے روپیہ ہونا چاہیئے روپے کے آگے دیس کیا بدیس کیا اللہ رکھے سال میں دو مہینے چھٹی مل ہی جاتی ہے ـ وہ وہاں جلے گی تو میں حج بھی کر لوں گی رحیمنی بڑے مغرور انداز میں کہتی اسے اپنی کامنی سی بیٹی پر بڑا ناز تھا ـ

اری سنتی ہو، اس بار اس کی خالا نے سونے کے کڑے بنوائے ہیں۔ سلوا کے ہاتھ میں بڑے بھلے لگیں گے۔

مگر جو کہو بھابی، نمو اور سلوا کا جوڑا اچھا نہ ہوگا۔ کہاں یہ چھوکری بھک بھک گوری اور کہاں وہ تمباکو کا پلنڈا، بالکل مغربی لگ جائے گا۔

اور رحیمنی سچ مچ سوچ میں ڈوب جاتی۔ نعیم کا رنگ بالکل سیاہ تھا۔ پتلا دبلا بھنگا سا آدمی سوٹ اور ٹائی میں ٹینو بال کا اشتہار بن جاتا۔

ہونہو، لڑکے کی صورت شکل کیا دیکھنا، بس کمائی اچھی ہو۔
حفیظن کے خیال کی پرواز اونچی تھی وہ کیسے کیسے خواب دیکھ رہی تھی وہ اپنی بیٹی کے ساتھ انگلینڈ امریکہ ہر جگہ جانے کے خواب دیکھ رہی تھی کیوں کہ نعیم نے وعدہ کیا تھا وہ شادی کے بعد اُسے تمام دُنیا کی سیر کرائے گا۔

مگر سارے خوابوں پر تو سلوا نے پانی پھیر دیا جب اس کی خالا ماں اور بیٹی کو لینے آئی تو سلوا نے صاف انکار کر دیا۔

کہنے لگی اماں جانا ہے تو تم چلی جاؤ، میں نہیں جاتی، ابا جب مرے تھے اُس وقت یہ لوگ کہاں تھے یہ میرے چچا اور چچی ہی تھے۔ جنھوں نے ہمیں سہارا دیا میں اپنوں کو چھوڑ کر کہیں نہیں جاؤنگی
سلوا نے ببانگِ دُہل جانے سے انکار کر دیا تھا۔

ماں سُن رہ گئی۔ پچی دنگ تھیں مگر اُن کا دل بلیوں خوشی سے اُچھل رہا تھا اُن کا جی چاہا سلوا کو گلے سے لپٹا کر خوب روئیں۔ اپنا خون اِسی کو کہتے ہیں اور اس دن سلوا غصہ میں آگ بگولہ تھی۔

آخر تو تجھے وہیں رہنا ہے۔ تیری شادی تو اس نعیم سے ــــ

منہ دھو رکھیں لوگ ــــ وہ تیزی سے چمک کر بولی اور آنگن میں جھاڑو لگانے لگی۔

توکیا تو شادی نہ کریگی ؟

رحیمنی کو پورا تاؤ آگیا۔

نہیں کروں گی نہیں کروں گی ہزار بار کہہ دیا نہیں کروں گی !

اس کے بالوں کا جوڑا کُھل کر بکھر گیا تھا۔ جھاڑو دُور پھینک کر وہ رونے لگی۔

اور رحیمنی ہکا بکا سی دیکھتی رہ گئی۔

اس دن وہ بغیر کھائے پیئے سارا دن مُنہ اوندھائے بستر پر گری روتی رہی۔

رات کو پچی نے سر پر آکر ہاتھ رکھا۔

چل کھانا کھالے ، بھابی نے بھی اب تک کچھ نہیں کھایا ہے۔

"پچی اماں" سلوا نے ان کا ہاتھ زور سے مٹھی میں دبایا۔ مجھے مت جانے دیجیے پچی اماں مجھے کہیں مت جانے دیجیے ، میں کہیں بھی جانا نہیں چاہتی ، میں اِس آنگن کو چھوڑ کر نہیں جاؤں گی۔

اس نے روتے ہوئے کہا۔

سچ میری بیٹی! تو نے مجھے ڈوبنے سے بچالیا۔

سلوا تو تو میرا ہی خواب ہے۔

اور اس کے بعد چچی اماں اکڑ کر بولیں۔

تم کو جانا ہے تو جاؤ بھابی سلوا کہیں نہیں جائے گی۔

اور پھر اس کے بعد پھر ایک قیامت ٹوٹی۔ گھر میں کہرام مچا چیزیں توڑی اور پھینکی گئیں۔ لیکن حفیظی کا فیصلہ اٹل تھا چاہے دنیا اِدھر سے اُدھر ہو جائے۔ وہ سلوا کو جانے نہ دیں گی۔

جینے کے لیے

خون کو منجمد کر دینے والی یخ بستہ ہواؤں کا زور ـــــ
رات کا ہولناک سناٹا ساحل سے سر ٹپکتی بیقرار موجیں ـــــــ
ساحل سمندر پر وہ کھنڈر نما مکان جس کا صرف ایک کمرہ روشن تھا پُوری حویلی سائیں سائیں کر رہی تھی آبادی کا کوسوں پتہ نہ تھا۔
بوڑھے حامد کی بیقرار نگاہیں زرد لیمپ کی روشنی سے اُلجھتی رہیں چارپائی پر اس کا نیم جان جسم کپکپا رہا تھا۔ صبح ہونے میں ابھی نہ جانے کتنی دیر ہے اس نے سوچا۔
پھر اس کی نگاہیں سوئے ہوئے نوجوان پر جم گئیں۔ نیند میں اس کے مخروطی ہونٹ کھُلے تھے اور اس کے گھنگرالے بال پیشانی پر بکھر چکے تھے۔
رات کی یہ بیقراری جیسے کچھ ہونے والا ہے۔ بُوندیں گرنا شروع

ہو چکی تھیں - البتہ ہواؤں کا زور کچھ کچھ کم ہو گیا تھا۔

اچانک اک دستک سُنائی دی بُوڑھے نے سُننے کی کوشش کی۔

کوئی بار بار دروازہ کھٹکھٹا رہا تھا۔ بُوڑھے کو خیال آیا۔ یہ اس کا وہم ہے مگر دستک برابر جاری تھی۔ آخر اُس سے نہ رہا گیا اُس نے عابد کو اُٹھانا مناسب نہ جانا اور بمشکل لڑکھڑاتا دروازے تک آگیا۔

معاف کیجئے گا میں راستہ بھول گیا۔۔۔

نووارد ایک ادھیڑ عُمر کا بھاری بھرکم آدمی تھا، اُس کے ادھ پکے بالوں سے بوندیں ٹپک رہی تھیں اُس کے کپڑے قیمتی مگر پُرانے تھے،

بوڑھے کو ایسا لگا اس نے پہلے بھی اُسے کہیں دیکھا ہے۔

وہ بغیر اجازت اُس کی کھاٹ پر بیٹھ گیا اچانک اس کا گھوڑا ہنہنایا تو وہ چونک پڑا۔

ارے میں تو اُسے باندھنا ہی بُھول گیا۔۔۔

وہ پھر باہر نِکل گیا۔۔۔

تب بُوڑھے کو کچھ یاد آیا اس نے صاف دُھلی چادر بستر پر ڈال دی.

میں آپ کی کیا خدمت کر سکتا ہوں ؟

بوڑھا مُلتجیانہ لہجہ میں گویا ہوا۔

کچھ نہیں بڑے میاں، میں خود آپ کو اس سرد رات میں تکلیف دے کر شرمندہ ہوں۔

بوڑھا مرعُوب ہو گیا۔ کوئی بات نہیں ۔۔

نووارد نے سوئے ہوئے عابد کو بھرپور نظروں سے دیکھا اور مسکرانے لگا۔ اور پھر بوڑھے کو سوالیہ نگاہوں سے دیکھا جیسے کچھ معلوم کرنا چاہتا ہو۔

بوڑھے کو احساس ہو چلا تھا۔۔۔

آپ میرے متعلق کچھ جاننا چاہتے ہیں مگر میں جو کہوں وہ سچ ہی ہو' یہ ضروری نہیں۔

وہ پھر عابد کو دیکھنے لگا اور اُس کے ذہن میں کچھ پرانی باتیں تازہ ہونے لگیں۔ اس نے سوچا ہر انسان کی زندگی میں کچھ نہ کچھ اسرار ضرور ہوتا ہے۔ اس نے چند خشک کھجوریں اس کے سامنے رکھ دیں۔ شاید آپ کو بھوک لگی ہو میں غریب آدمی آپ کی کیا خدمت کر سکتا ہوں۔

بڑے میاں آپ تکلیف نہ کریں، میں واقعی شرمندہ ہوں۔

وہ ایک کھجور اٹھا کر کھانے لگا۔ وہ ایک درمیانے قد کا گٹھے ہوئے جسم کا آدمی تھا۔ چہرے سے شرافت اور خلوص ٹپکتا تھا۔

میں تھوڑی دیر آرام کرنا چاہتا ہوں۔ نیند تو کیا خاک آئے گی۔

آپ جوتے کھول دیجیئے نا! تھکے ماندے مسافر نیند ضرور آئے گی۔ میں البتہ بوڑھا آدمی ٹھہرا مجھے تو اکثر رات بھر نیند نہیں آتی۔ اس پر یہ کھانسی پریشان کئے دیتی ہے۔ ادھر طبیعت بھی کچھ خراب ہو گئی موسم اچھا نہیں رہا۔

ایسا لگتا ہے میں کچھ ہی دنوں کا مہمان ہوں۔۔۔

واہ بڑے میاں آپ نے تو زندگی سے کبھی بازی نہیں ہاری.
آج آپ کو کیا ہوگیا ——؟
بوڑھا چونک پڑا ——
وہ پھر کہنے لگا آپ تو مجھے بھول گئے لیکن میں نے ہمیشہ آپ کو یاد رکھا' اور پھر بوڑھے کے ذہن میں ماضی کی کچھ دھندلی تصویریں اجاگر ہونے لگیں۔
اچھا اچھا آپ دس سال پہلے بھی اِس راستے سے گُذرے ہیں ارے آپ کا وہ لفافہ آج بھی میرے پاس محفوظ ہے۔ میں نے آپ کی امانت کی حفاظت کی ہے۔
سچ! اس نے حیرت سے پُوچھا۔
کیوں نہیں' میں ایک دیانتدار آدمی ہوں میں نے کبھی وعدہ خلافی نہیں کی۔
نووارد نے ایک ٹھنڈی سانس لی اُس نے سوچا کیسا شریف آدمی ہے۔
آنے والے نے گھوم کر پھر عابد کو دیکھا۔
یہ وہی بچّہ ہے جسے آپ نے تین سال کی عمر میں دیکھا تھا
ہاں ہاں مجھے سب یاد ہے۔ ماشاءاللہ خُوب جوان ہے!
اس نے تحسین آمیز نگاہوں سے دیکھا۔
اس کی نگاہوں میں ایک شفیق جذبہ جھلک رہا تھا۔

ماضی کی تصویریں صاف ہوگئی تھیں اور خیالوں کی دنیا میں وہ پندرہ سال پیچھے لوٹ گیا۔

ایسی ہی برسات کی ایک رات تھی ایسے ہی ہولناک سناٹا تھا ایسے ہی مُوسلادھار بارش ہوئی ایک مُسافر نے یہاں قیام کیا تھا۔ فرق صرف یہ تھا کہ آنے والا جوان اور خاصا وجیہہ انسان تھا۔

گذشتہ زمانے کے اوراق کھلتے گئے

اس نے رات کاٹنے کے لئے اپنی زندگی کی کہانی بیان کی تھی۔ اس کی اپنی زندگی جو واقعات اور حادثات کا مجموعہ تھی، وقت کے کتنے اُتار چڑھاؤ اُس نے دیکھے تھے وقت کے کتنے بے رحم ہاتھوں نے اُسے جھنجوڑا تھا ـــــ

وہ ایک معمولی مزدور کا بیٹا تھا اِکلوتا بیٹا جس کے باپ نے محنت مزدوری کرکے اُسے اعلیٰ تعلیم دِلوائی تھی۔ اور ایک دن خود ٹرک سے کچل کر مرگیا تھا، وہ اس کی انجنیرنگ کی تعلیم کا آخری سال تھا ـــــ

شہر کے جس محلہ میں وہ مُقیم تھا اس کے عین سامنے ڈپٹی کریم صاحب کی کوٹھی تھی اور اس کوٹھی میں چھمیا ایک نوکرانی تھی لڑکی شریف اور جاذبِ نظر تھی ـــــ

جب وہ بالکل بے سہارا ہوگیا تو اسی چھمیا نے اپنی تنخواہ کے

پیسوں سے اس کی فیس ادا کی تھی، جس دن ڈگری ملی تھی اُس دن چھمیا کے باپ کا انتقال ہوگیا تھا۔ وہ جو اُس کی دوست بھی اور محبوب بھی تھی غم کے آنسوؤں کے درمیان بھی اس نے مُبارکباد دی۔

پھر وہ چھمیا کو ماں کے پاس لے آیا ماں بہت جُھنجلائی ۔ وہ تو غریب طبقہ کی عورت تھی ۔کسی بڑے گھر کی لڑکی لانے کے خواب دیکھ رہی تھی۔ اس نے غریب چھمیا پر بہت ستم توڑے ۔ مگر وہ ہمّت ہارنے والی نہ تھی، آخر ایک دن ماں کو پسیجنا ہی پڑا، کیوں کہ وہ بہت خدمت گذار اور صابر لڑکی ثابت ہوئی۔

اور پھر چند ہی دنوں میں میرے پاس سب کچھ تھا ۔ کوٹھی تھی کارتھی بنگلہ تھا ۔ میری بیوی خوش نصیب عورت تھی مجھے زندگی میں سب کچھ ملا تھا ـــــ

مگر میرے دوست ! وقت نے کس کا کب ساتھ دیا ہے ؟ میری زندگی میں بہار کے چند ہی سال گذرے تھے ۔ میں ایک بچّے کا باپ بھی بن گیا، پھر میں ڈھاکہ سے لاہور چلا گیا ۔ میری ماں میری بیوی اور بچہ سب ڈھاکہ میں تھے ۔ یعنی میرا جسم لاہور میں تھا میری رُوح ڈھاکہ میں تھی میں اُنہیں جلد از جلد بُلانے کی فِکر میں تھا کہ جنگ چھڑ گئی ـــ وہی جنگ جو نہ جانے کتنے گھروں کو ویران کردیتی ہے، کتنی زندگیوں کو تباہ کردیتی ہے ۔ اس شعلے میں میرا سب کچھ جل گیا ۔ سب کچھ لُٹ گیا، کچھ نہ بچا، میں خالی ہاتھ کفِ افسوس مَلتا اس دروازے

پر کھڑا تھا جہاں میرے بچے کی کلکاریاں گونجتی تھیں، جہاں میری بیوی کے گیت فضا میں نغمے بکھیرتے تھے جہاں میری ماں کی پیار بھری ڈانٹ کی بازگشت موجود تھی، مگر وہ لوگ نہ تھے۔ ظالموں نے کچھ نہیں چھوڑا تھا۔

میں زندگی سے بھاگ کھڑا ہوا۔ زندہ رہ کر کیا کروں گا۔اس زندگی سے موت بدرجہا بہتر ہے میں خودکشی کے ارادے سے سمندر میں چھلانگ لگانے کو تھا کہ ایک معصوم بچے نے میرا دامن پکڑ لیا۔

وہ عابد تھا، ایک تین سالہ معصوم سہما ہوا بچہ جو جھاڑی میں چھپا تھا، پھر ہم دونوں گلے مِل کر خوب روئے۔ اتنے آنسو جیسے زندگی کے سارے آنسو آج ہی ختم ہو جائیں گے۔

میری، عابد کی زندگی ایک ہی جیسی تھی اس کے بھی سب لوگ مارے جا چکے تھے۔

اس کے بعد مجھے آبادی سے نفرت ہو گئی انسانوں سے نفرت ہو گئی، میں نے سروس چھوڑ دی۔ بینک سے اپنی رقم نکالی اور اس ویرانے میں گھر بنا کر رہنے لگا۔

مجھے انسانوں سے نفرت ہو گئی، میں نے ایک بار پھر کہا۔

یہ غلط ہے۔ مُسافر مُسکرایا، اگر آپ کو انسانوں سے نفرت ہوتی تو آپ اِس بچے کی پرورش نہ کرتے۔

وہ خاموش تھا، اُس نے زندہ رہنے کے لئے اس بچے کا

سہارا لیا تھا۔۔۔
اس نے کہا۔ یہ وہی لڑکا ہے بڑا ہی محنتی اور تیز لڑکا ہے میں نے اسے زیادہ تعلیم نہیں دلوائی میٹرک پاس کرکے وہ کاشت کاری کرنے لگا ہے۔۔۔
بارش تھم چکی تھی۔ ہوا نرم خرام ہو چلی تھی۔ شاید صبح قریب تھی۔
آپ کو تب تو میری کہانی بھی یاد ہوگی۔۔۔ بوڑھے نے کھانس کر پوچھا۔ اس کے لہجے میں بڑی افسردگی تھی۔۔۔
مجھے اپنا وعدہ یاد ہے آپ نے جاتے وقت وہ لفافہ دیا تھا، جب تم مرنے لگنا تو یہ لفافہ اپنے بچے کو دے دینا اس میں میرا پتہ ہے، میں اس کی دیکھ بھال کروں گا تب تک زندہ رہا تو۔
لیکن شرط یہ تھی کہ میں خط نہیں کھولوں گا میں نے وعدہ خلافی نہیں کی ہے، آج بھی وہ خط میرے پاس امانتاً محفوظ ہے اور نہ جانے کیوں آج مجھے لگ رہا ہے میں اب زندہ نہیں رہونگا آج جب کہ مجھے موت کے قدموں کی آہٹ سُنائی دے رہی ہے۔۔ میں تمہارے سامنے وہ خط تمہارے بچے کو دے دوں گا۔
تمہارے بچے کو۔ مُسافر نے حیرت سے دہرایا۔۔۔
ہاں ہاں تمہارے بچے کو بخدا میں نے وہ خط کبھی نہیں کھولا۔ لیکن میں سمجھ گیا تھا کہ تم ہی اس کے باپ ہو۔

اورتم اپنے بچے کو مجھ سے چھیننے آئے ہو۔ لیکن تم کتنے بلند انسان ہو۔ تمہیں مجھ پر رحم آگیا۔ تم بغیر کچھ مانگے لوٹ گئے۔ کیا تمہارا ایثار تمہاری قربانی مجھے یاد نہیں۔؟ اُف میں بھی کتنا خود غرض اور کمینہ بن گیا تھا۔ میرے مہمان دوست! مجھے معاف کرنا۔ بوڑھے کی آواز بھرا گئی ——

بوڑھا خاموش ہو گیا۔ اور پھر اُس کی خاموشی ابدی خاموشی میں بدل گئی۔ باہر صبح ہو چکی تھی۔

اندھیرے اُجالے

آپا کی نگاہیں اندھیرے میں بھٹک رہی تھیں وہ نہ جانے کس سوچ میں گُم تھیں؛ شب کے گیارہ بج چکے تھے اور وہ اب تک جاگ رہی تھیں —

چنچل نزی سنجیدہ ہو کر سوچنے لگی آخر آپا کو کیا ہوا ہے۔؟ آپا کبھی تو اتنا خاموش نہ رہتی تھیں۔ اِس دھیان سے وہ اپنی اُنگلی میں پڑی انگوٹھی کو برابر گھماتے جارہی تھیں جیسے وہ ان کی انگلی پر فٹ نہیں آرہی ہو —

پھر ایکا ایک اُنہوں نے اپنی غلافی آنکھوں کو گھُما کر اس کی طرف دیکھا اور پُوچھا کیوں نزی خالا جان کا گھر یاد ہے تمہیں۔؟

میں نے چونک کر انہیں دیکھا۔ آج یہ بے تکی بات اُن کی زبان پر کیسے آگئی —

وہ کچھ نہ بولی صرف سوالیہ انداز میں انہیں دیکھنے لگی ــــ

پھر وہ کہنے لگیں آج میرے نام ایک خط آیا نزی سنبھل کر بیٹھ گئی انہوں نے اپنے بکھرے بالوں کو سمیٹ کر جوڑا بنایا اور سر پر آنچل جما کر بیٹھ گئیں۔

آپا کا پُر وقار چہرہ آج اور بھی دلکش بن گیا تھا، ابا جان بیٹھک میں عشاء کی نماز ادا کر رہے تھے، امی جان کی طبیعت ناساز تھی وہ سویرے سو گئی تھیں ــــ

خالا جان کے ذِکر پر میرے ذہن میں کچھ پُرانی یادیں تازہ ہوگئیں خالا جان کے یہاں گئے تقریباً پانچ سال ہوگئے تھے، ہماری امی اور ہماری خالا سگی بہنیں تھیں، ایک ہی ماں باپ کی اولاد جو مختلف گھرانوں میں بیاہ کر گئی تھیں اور ایک دوسرے کی تضاد تھیں۔ افو خالہ اور ہماری امی صفیہ حاجی مُراد کی بیٹیاں تھیں۔ جن کی بڑی مشہور کپڑے کی ددکان چوک میں تھی۔ حاجی مراد کے دو دوست کلیم اور اطہر تھے، ان تینوں میں اتنا یارانہ تھا کہ تینوں آپس میں سمدھی بن گئے کلیم میاں کے لڑکے نعیم ایک معمولی میٹرک پاس آدمی، جو کسی ضلع اسکول کے ماسٹر تھے، یہ میرے ابا تھے۔ افو خالہ کی شادی اطہر وکیل کے اِکلوتے بیٹے ہاشم سے ہوئی جو اس وقت ایم بی بی ایس کے آخری سال میں تھے۔

نانا جان لڑکیوں کی شادی کر کے عرب چلے گئے اور وہیں اُن کا انتقال

ہوگیا، جب تک نانی جان زندہ رہیں دونوں بہنوں کا میکے آنا جانا ہوتا رہا۔ دونوں میں بے پناہ محبت تھی اور اب تو نانی جان کو مرے سات سال گذر چکے تھے۔

نانا جان نے اپنی جائیداد لڑکیوں کو نہیں دی، اُسے انہوں نے لاوارث بچّوں کے ادارہ کو وقف کردیا تھا۔ ابّا جان تو کچھ نہیں بولے مگر خالو جان کو جائداد ہاتھ سے نکلنے کا بیحد غم تھا۔ اسے یاد آرہا تھا ایک بار امّی جان اور آپا کے ساتھ خالہ جان کے گھر گئی تھی۔

گھر کیا تھا رشکِ بہشت تھا خوبصورت بنگلہ چاروں طرف کمپاؤنڈ میں رنگ برنگے شگفتہ پھول لان میں جمی ہوئی شاداب گھاس سڑک کے دو رُویا قطاریں درمیان میں بڑا سا اُبلتا فوارا ۔

لان میں پلاسٹک کی خوبصورت کُرسیاں وہاں خالو جان کا نیم دراز ہوکر پائپ پینا، خالہ جان کا ان کے قریب بیٹھ کر سویٹر بُننا اُن کے بچّوں کا کِرکٹ کھیلنا۔

وہ دونوں جھول جھتے کپڑے پہنے اندر داخل ہوئیں تو سب ہی چونک پڑے افو خالہ تو امّی جان سے لپٹ گئیں لیکن سب ہی بھائی بہن ہمیں اِس طرح دیکھنے لگے جیسے ہم ابھی عجائب خانہ سے نکل کر آرہے ہیں۔

بات ہی کچھ ایسی تھی ہم میں اور ان میں بہت فرق تھا۔ مغرب اور مشرق کا فرق، وہ سلیوس فراک اور اسکرٹ، ہم ڈھیلے ڈھالے

کپڑوں میں ملبوس ہماری لمبی لمبی چوٹیاں تھیں اُن کے کٹے ہوئے بال ہوا سے اُڑاُڑ کر ان کی پیشانی پر گر رہے تھے۔

ہم مذہبی لڑکیاں شرعی کپڑوں اور وہ عُریانیت میں مغرب کو مات کر رہی تھیں لیکن ستم ظریفی یہ تھی کہ سب کی سب بدصورت اور بھدے چہرے والی کوئی بھی خالہ جان کی طرح نہ تھی کیوں کہ خالو جان خود ایک بھدے اور بے ڈول آدمی تھے ــــ

لیکن خوبصورتی ہمارے خاندان میں دَدھیال کی طرف سے ملی تھی کیوں کہ ابا جان بہت اِسمارٹ اور وجیہ شخصیت کے مالک تھے۔ اور یہ وجاہت اور دلکشی ہم لڑکیوں میں باپ کے ورثہ سے ملی تھی جیسے یونانی مجسمہ ہم نے دیکھا تو ان نگاہوں میں رشک کا جذبہ بھی تھا۔ ہم سلام کرکے کُرسیوں پر بیٹھ گئے۔

آپا سمجھدار تھیں۔ انہیں دیکھ کر مُسکرانے لگیں۔ اور پھر باتوں کا سلسلہ چل نکلا وہ ہم پر رعب جمانے کے لئے انگریزی میں گفتگو کرنے لگیں۔ آپا نے انہیں اچھا خاصا جواب دیا تو وہ جھک مار کر پُوچھنے لگیں۔

آپ کی تعلیم ؟

انگلش ایم، اے ــ آپا مسکرائیں ــــ

اری توبہ، تم تو بالکل ان پڑھ دکھائی دیتی ہو۔

یہ تمہارا مولویانہ حلیہ ـــــ جولی ہنستے ہنستے دوہری ہوگئی۔

وقار بھائی البتہ بہت سنجیدہ دکھائی دے رہے تھے،، کہنے لگے، بھئی جولی ان لوگوں کو اندر لے جاؤ ابا جان کے دوست آئے ہوں گے ــــ

اور جیسے خالہ جان کو یاد آیا ــ ارے چلو چلو اندر، سب یہاں کیا کرنے لگے ــ ؟

ہمارے خالہ زاد بھائی بہنوں نے ہمیں نظر انداز کر دیا تھا۔ لیکن ہماری خالہ بہت خوش تھیں ــ وقار بھائی اپنے مطالعے کے کمرے میں گھس گئے ــ شیلی اپنی سہیلیوں کے یہاں چل دی جولی اور سولی اس گفتگو کے بعد کرکٹ کھیلنے چلدیں ــ

ہم جو یہاں آکر ذلیل ہوئے تو پھر دوبارا خالہ جان کے یہاں جانے سے کان پکڑا ــ نگی آپا کو تو سب مُلانی کہہ کر چڑانے لگیں. لیکن آپا جان کو اُنکے رویئے پر کوئی دُکھ نہ تھا اور نہ حیرت تھی البتہ ان کی نگاہیں کچھ متاسف نظر آتی تھیں ــ

ان کے یہاں گرل اور بوائے فرینڈ کا تانتا بندھا رہتا وہ خود بھی اس کے ساتھ جاتیں، اُن پر کوئی پابندی نہ تھی، خالہ جان کا گھر فرنگی تہذیب کا نمونہ تھا، خود خالہ جان بھی اس رنگ میں گھُل مل چکی تھیں

جب دونوں بہنیں ایک ساتھ بیٹھتی تھیں تو کتنی مضحکہ خیز لگتیں دونوں بہنیں ایک دوسرے کی ضد تھیں ــ امی جان پورے آستین کا بلاؤز پیشانی تک ڈھکا آنچل اور خالہ جان کے ترشے ہوئے بال سلیوس

بلاؤز کڑھی ہوئی امریکن جارجٹ کی ساری۔

کون کہہ سکتا ہے کہ یہ سگی بہنیں ہیں ؟ آپا انہیں سر جوڑے باتیں کرتے دیکھتیں تو مسکرانے لگتیں۔

ہائے ! دیکھو نزی میری امی خالہ سے کتنی زیادہ عمر میں بڑی ہیں پھر بھی ان کے سامنے کس قدر معصوم لگتی ہیں اور یہ خالہ بالکل پر کٹے کبوتر کی طرح ۔

ہم دونوں ہنسنے لگتے وہ ہمیں تعجب سے دیکھتیں۔

اس رات خالہ جان اور امی جان میں نہ جانے کیا کھسر پسر ہوتی رہی۔ کبھی کبھی خالہ جان آپا کو دزدیدہ نگاہوں سے دیکھ لیتیں۔

لیکن جب آپا جان ان کے پاس سے اٹھیں تو بہت نڈھال اور مغموم تھیں اور آپا جان نہ جانے کیوں خفت محسوس کر رہی تھیں۔

دوسری صبح جب رخصت ہو رہے تھے سوائے وقار بھائی کے کوئی ہمیں اسٹیشن پہونچانے نہ آیا وہ بھی بہت مغموم اور بجھے بجھے دکھائی دے رہے تھے۔ گاڑی نے وسل دی تو ٹرین کے ساتھ چلتے ہوئے کہنے لگے خالہ جان آپ میرا انتظار کیجئے گا۔

آپا نے انہیں چونک کر دیکھا وہ رو رہے تھے ——

آج آپا نے وہ انگوٹھی نکال کر پہن لی تھی جو نانی جان نے پیدائش کے وقت یہ کہہ کر امی جان کے حوالے کی تھی نکی وکی کے ٹھیکرے کی مانگ ہے۔

تم میرا وعدہ پورا کرنا انگوٹھی ہیرے کی تھی اور آپا جان کو بہت پسند تھی آپا جان نے ہمیشہ پہننے کے لئے مانگا لیکن امی جان کہتی تھیں یہ امانت ہے یہ وکی کی دلہن کو ملے گی۔

اور مجھے آج سخت حیرت تھی وقار کے ایک معمولی لو لیٹر کو پاکر آپا نے وہ انگوٹھی پہن لی تھی۔ مجھے ان کے کردار کی کمزوری پر بہت افسوس تھا۔ انہیں اپنے خاندان کی غیرت اور محبت کا پاس تھا

میرے چہرے پر شکوک و شبہات کے سائے دیکھ کر انھوں نے خط میری طرف پھینک دیا ——

لو ہو سکے تو یہ جواب تم خود دیدو۔ لیکن خدا کے لئے مجھے شک کی نظروں سے مت دیکھو۔

میں بجھ گئی، میری سمجھ میں نہ آتا تھا۔ میں نے تو سُنا تھا کہ وقار بھائی کی منسوب کسی کروڑ پتی کی بیٹی سے طے ہو چکی ہے، پھر آپا جان جاکر کیا کریں گی۔ وہاں کا ماحول اور آپا کی طبیعت — میرے دل میں سخت اُلجھن تھی۔

لیکن آپ وہاں کیسے کھپ سکیں گی۔

چراغ اندھیرے ہی میں روشن دکھائی دیتے ہیں۔

آپا نے سنجیدگی سے کہا۔ میں ششندر رہ گئی۔ اور وکی کا خط پڑھنے لگی۔

ڈیر نکی !

کبھی تمہیں کوئی خط نہ لکھا، شاید تم میرا خط دیکھ کر گھبرا جاؤ لیکن بُرے وقت میں اپنوں کی یاد شدید ہو جاتی ہے یہ تو تمہیں معلوم ہی ہوگا کہ جب تم پیدا ہوئی تھیں تو نانی اماں نے اعلان کردیا تھا کہ تم ہی میری دُلہن بنوگی۔ تمہارے امّی کے بکس میں وہ ہیرے کی انگوٹھی موجود ہوگی جو میری دُلہن کے لئے نانی اماں نے خالہ اماں کے حوالے کی تھی ____

خیر میں کوئی پرانا قرض نہیں مانگ رہا ہوں۔ بلکہ تم سے امداد کا خواہاں ہوں۔ میرے ابّا نے خاندان کو برباد کرنے میں کوئی دقیقہ نہیں چھوڑا۔ پاپا نے ہماری بہنوں کو جو تعلیم اور آزادی عطا کی تو انھوں نے موقع سے خوب ہی فائدہ اٹھایا، تمہارے سامنے جو زندگی کا لائحۂ عمل تھا فطری تھا، ہم تقلیدی پرستی میں مارے گئے. پاپا پر نہ جانے کیوں صاحبیت کا بھوت سوار ہے ہمارے اور تمہارے خاندان کی تہذیب اور روایات میں بُعدُالمشرقین کا فرق ہے لیکن اس کا جو نتیجہ نکلا وہ تم نے بھی جان لیا ہوگا۔ بڑی بہن جولی نے ہندو لڑکے سے شادی کرلی منجھلی بھی ایک ایسے آدمی کے گھر جاکر بیٹھ گئی جس کے پہلے ہی سے بیوی بچے ہیں، اور چھوٹی کا تو مت پوچھو کلب اور ہوٹل اس کے گھر بن چکے۔ گھر میں بس کبھی کبھا دکھائی دیتی ہے ___

اب پاپا جان پر کیا بیت رہی ہے وہ میں ہی جانتا ہوں۔ انہیں دل کی بیماری ہو چکی ہے۔ اتی جان کا دماغی توازن خراب ہو چکا ہے۔ میں تنہا وقت اور حالات سے کتنا لڑ سکتا ہوں۔ خدا کے لیے میرے ڈوبتے خاندان کو بچالو۔ میری زندگی پر تمہارا احسان ہو گا۔ میرے دوسرے چھوٹے بھائی بہنوں کو سنبھالنا تمہاری ذمّہ داری ہے۔!

فقط ہمیشہ تمہارا

دکّی

ان کا درد انگیز خط پڑھ کر میں ساری نفرت بھول کر رونے لگی۔ آپا مُسکرا رہی تھیں، میں نے آگے بڑھ کر اُن کی اُنگلی کو چُوم لیا۔

واپسی

وہ نیلے گنبد کے نیچے بیٹھا نہ جانے کب سے کسی کا انتظار کر رہا تھا۔ اسے خود بھی نہیں معلوم تھا۔ لیکن ایک نہ معلوم آہٹ کے لئے اُس کے کان ترس رہے تھے دُنیا کی بھیڑ میں کھویا ہوا وہ تنہا انسان ــــ

پہاڑ کی بُلند چوٹی پر کھڑے ہوکر اس نے اپنی چھوڑی ہوئی رہگذر کو دیکھا اور ناپا۔ اوہ کتنا طویل راستہ اُس نے طے کرلیا تھا وقت کے بے رحم ہاتھوں نے آج اسے کہاں لا کھڑا کیا تھا۔

پہاڑ کی وہ رفیع چوٹیاں، اس نے نیچے جھانک کر دیکھا، مرغزار اور پھیلی ہوئی وادیوں میں اس کے قدموں کے نشان کھو چکے تھے۔ وہ انہیں وادیوں سے ہوکر گذرا تھا۔

وہ گھومتا ہوا اپنے پُرانے رفیق گھروندے میں پہنچ گیا، جہاں اس کے

قدموں کے نشان بہت ننھے منّے تھے، جب وہ تین سال کا تھا—
جہاں باورچی خانہ کی کالی دیواروں کے درمیان ایک دُھندلا بلب لٹکا جھول رہا تھا، اسکی ماں کھانا پکا رہی تھی - وہ چولھے کی راکھ سے کھیل رہا تھا، اور آنگن سے نواب صاحب کی گرجدار آواز گونج رہی تھی. وہ نواب کے یہاں کی پُرانی باورچی کی بیٹی تھی اور اب ماں کے مرنے کے بعد اسے یہ عہدہ ملا تھا۔

اس کا باپ کون تھا اسے خود بھی نہیں معلوم تھا اور نہ ماں نے کبھی اسے بتانے کی ضرورت محسوس کی تھی۔

اس وقت اس نے ٹھیک سے چلنا بھی نہیں سیکھا تھا کہ ایک بار اس نے دُلہن بیگم کی نفیس ساری میلے ہاتھوں سے پکڑلی — اور اس کے گالوں پر ایک طمانچہ جڑ دیا گیا - اس کی سوزش آج بھی اس کے گال پر اور اُس کی جلن موجُود تھی، کہتے ہیں وقت ہرزخم کا مرہم ہے، مگر یہ کیسا زخم ہے !

کچھ لمحوں بعد وہ بچّوں کے اسٹیڈی روم میں تھا - اسٹیڈی روم کے دروازے پر اونگھنے والے ساجد کو کسی نے نہ دیکھا تھا۔ مگر وہ اپنے آپ کو دیکھ رہا تھا تمام بچے ٹیبل کے گرد بیٹھے ہوم ورک کرتے ماسٹر مانک چند کی نوکیلی آواز اس کے دماغ پر کیل بن جاتی۔ اور سہمے سہمے بچے اپنا کام غلط سلط کرنے لگتے تو وہ اُن کی باتیں بغور سننے لگتا۔

اس کی یادداشت بڑی زبردست تھی، نواب صاحب کا چھوٹا لڑکا سلیم

جب اقلیدس کا پانچواں فارمولا بھول گیا تو قریب کھڑے ساجد نے اسے بتا دیا۔ ماسٹر چونک پڑا ـــــ

تم کس اسکول میں پڑھتے ہو ؟

کہیں نہیں ـــ اس کا جواب بہت مختصر تھا۔

تو پھر یہ فارمولا تمہیں کیوں کر یاد ہوا۔

کل ہی تو آپ نے انہیں بتایا تھا۔

ماسٹر مانک چند نے اُسے گلے لگالیا۔ آج سے تم میرے بیٹے ہو، میں تمہیں پڑھاؤں گا۔ تم کیچڑ میں پھنسے ایک قیمتی ہیرا ہو۔ میں تمہاری اعلیٰ تعلیم کا خرچ برداشت کروں گا ـــــ

اور پھر اس ہیرے کو تابناکی عطا کرنے والے مانک چند نے بسترِ مرگ پر اس کے سر پر ہاتھ رکھا اور کہا تھا۔ بیٹے ساجد تعلیم ثانوی چیز ہے ! اصل علم زندگی کو سمجھنے کا علم ہے، حیات و کائنات کو سمجھنے کا علم ہے۔ تم دُنیا کی بھیڑ میں کھو مت جانا۔ مجھے امید ہے تم دُنیا کو بہت کچھ دوگے۔ تم محمد صلعم نہیں بن سکتے۔ تم مسیح نہیں بن سکتے اور نہ تم گوتم ہی بن سکتے ہو۔ مگر سچائی کے راستے پر چل کر تم ان کے قدموں کے نشان تلاش کر سکتے ہو۔

مانک چند کی باتیں اس کے ذہن میں محفوظ تھیں مگر وہ وقت کے سیلاب میں بہہ گیا، دولت، شباب، شہرت اُس کے

قدم چومتی تھی ، ہر محفل کا روحِ رواں ، ہر نظر مداح !
زندگی کے چلتے کارواں میں کبھی اس نے پلٹ کر نہیں دیکھا
اس نے کیا کھویا کیا پایا ؟

اس کی ماں نے اس کی شادی اس وقت کی تھی جب وہ صرف بیس سال کا تھا ۔ اس کی بیوی ایک بہت معمولی گھریلو پڑھی لکھی لڑکی تھی ، ساجد کو اتنا یاد تھا جب اُس کی ماں مری تھی زرینہ اُس کی لاش پر بیٹھی بیٹھی آنسو بہا رہی تھی ۔ قرآن خوانی کی مدھم گونج اب بھی اس کے کانوں میں موجود تھی ۔

پھر وہ اس رہ گذر سے بہت آگے بڑھ گیا ۔ اس نے پلٹ کر بھی نہ دیکھا کہ زرینہ اس آبائی مکان کی کھپریل کے نیچے کیا کر رہی ہے ۔؟ اس کی راتیں کلب میں گذرتیں اور دن سنگیتا کی معیت میں ، اس کی دوست اس کی محبوبہ سنگیتا جو محفل کی جان تھی اُس کی خوبصورتی یُونانی مجسموں کی سی تھی ، وہ اس کے طِلسم میں کھویا ہوا تھا ، دُنیا کا ایک بہترین انجنیر جسے بڑے بڑے ٹھیکے ملتے کتنے ہی پُل اور باندھ کی تعمیر میں اس نے حصّہ لیا تھا ، وہ دُنیا کا ایک کروڑپتی انسان بن چکا تھا ۔

مانک چند کی باتیں وہ بھول چکا تھا ماں کی دُھندلائی آنکھیں اسے یاد نہ تھیں ، زرینہ کے خُشک اور بِکھرے بالوں کو وہ قطعاً فراموش کر چکا تھا ۔

پہاڑ کی اس چوٹی پر کھڑے اس مسافر کو رہگذر میں کھوئی زندگی کا ایک ایک پل آج یاد آرہا تھا۔

اس نے وادیوں اور گہری کھائیوں میں جھانک کر دیکھا۔ اس کے قدموں کے نشان پر دوسرے کے قدموں کی چھاپ گہری ہو چکی تھی، اب وہ ادھیڑ ہو گیا تھا اس کے بالوں میں سفیدی جھلکنے لگی تھی اور چہرہ سخت ہو چکا تھا۔ زندگی کا رَس نچڑ چکا تھا۔ دولت میں اضافہ ہو رہا تھا۔ پھر اسے دولت سے نفرت ہونے لگی۔۔ سنگیتا کے لمس میں وہ لذّت وہ نشہ نہ رہا تھا۔ اب وہ صرف دولت کی پُجاری تھی۔

ساجد کے ذہن میں مانک چند کی باتیں پھر زندہ ہونے لگیں وہ زندگی کے کارواں کا ایک تھکا مُسافر بن گیا۔ جیسے کسی سائے کی تلاش تھی جہاں وہ تھوڑی دیر کے لئے دَم لے سکے۔

اسے سنگیتا کے ساتھ راجن کو دیکھ کر صدمہ ضرور ہوا تھا۔ لیکن لاشعوری طور پر وہ راحت سی محسوس کر رہا تھا چلو پنڈ چھوٹا، اچھا ہی ہوا۔

سنگیتا اس کی زندگی سے نِکل چکی تھی اور اب وہ دُنیا کے میلے میں اکیلے گھوم رہا تھا کہ اسے شربتی آنکھوں، گول چہرے والی شبانہ مِل گئی اس کے گداز جسم اور کومل ہونٹ جادو جگا رہے تھے وہ زندگی کے نشیب و فراز طے کر کے تھک چُکا تھا اسے آپ

محسوس ہوا بھی وہ گھنی چھاؤں ہے جہاں وہ تھوڑی دیر آرام کرسکتا ہے۔

لیکن اچانک ایسے لگا کہ دیواروں کے پیچھے اس کے قتل کے مشورے ہورہے ہیں اس کا بوائے فرینڈ کہہ رہا تھا ڈیر کب تک اس بڈھے طوطے کو لیئے گھومتی رہوگی کتنا انتظار کراؤگی۔

بس کرسمس کے موقع پر جب وطن کو لوٹے گا میں کاغذات حاصل کرلونگی پھر اس بڈھے کے جسم کو کاغذات کی تہہ بنا کر کسی کھنڈر میں دفن کردیں گے پھر ہم تم دنیا کی سیر کریں گے۔

اوہ! اس بڈھے ساجد کا سر گھوم گیا اسے اپنی دولت سے نفرت ہوگئی اس رات وہ ایک پل کے لئے بھی نہ سوسکا۔ اور جب شبانہ شب خوابی کے لباس میں نیم عریاں اس کے بستر پر بدمست پڑی دُنیا و مافیہا سے بے خبر ایک خوش آئند زمانے کا خواب دیکھ رہی تھی۔ وہ ہوٹل کی لِفٹ سے اُتر کر ٹیکسی میں بیٹھ چکا تھا۔

وہ دُنیا کا سفر کرچکا تھا۔ لندن روم پیرس نیویارک سوئزرلینڈ وہ کہاں نہیں ایک لا معلوم سکون کی تلاش میں ٹہلتا رہا اور خود بھی نہیں معلوم تھا اسے کس کی تلاش ہے؟ اسے کہاں جانا ہے۔؟

اور ہر جگہ گھوم کر آج وہ اس پہاڑ کی بلند چوٹی پر کھڑا انجم راہ گذر کو تک رہا تھا۔

پھر وہ اتر آیا، اور ایک مانوس گلی کے ایک دروازے پر

ایک ہلکی دستک دی اور وہ دروازہ جیسے ہمیشہ سے اس کا منتظر تھا۔

ہاتھ میں ایک زرد روشنی کا لیمپ پکڑے زرینہ دروازے کے فریم میں کھڑی تھی۔

تم آگئے ـــ وہ ذرا سا مُسکرائی اس کے چہرے پر آج بھی تقدّس کی روشنی تھی، وہ لوٹ آیا تھا زرینہ نے اُس کے بوٹ کھول دئے اور کوٹ اُتار کر کھونٹی پر ٹانک دیا ـــ جیسے وہ برسوں سے یہی کر رہی ہو۔

مجھے امید تھی تم ایک دن ضرور لوٹ آؤ گے۔

اس کی آواز ایک معصوم بچے کی آواز تھی۔

صبح ہو چکی تھی، مؤذن پُکار رہا تھا، مسجد کی طویل سیڑھیاں اور اونچے مینارے اسے آواز دے رہے تھے، اور پھر اس کے قدم اُسی سمت اُٹھ گئے۔

عصمت آرا

آنکھیں

اندھیرے کی دبیز چادر میں لپٹی دو چمکتی آنکھیں اُس نے جب داہنے بازو کو دیکھا یہ آنکھیں اسے تکتی نظر آئیں۔

آخر اُسے کہنا پڑا ــــ

کیا فِلم آپ کو اچھی نہیں لگی ــــ؟

جب فلم سے اچھی کوئی چیز سامنے ہو تو ــــ

لاحاصل چیزوں کی تمنا سے فائدہ ــ؟

دل پر کس کا اختیار ہے ــــ

وہ ایک ٹھنڈی سانس لیکر خاموش ہوگیا۔ یہ آنکھیں مُدت سے اس کا تعاقب کررہی تھیں۔ جب بھی نظر اٹھتی یہ آنکھیں مقناطیسی قوت کے ساتھ اسے پکڑنے کی کوشش کرتیں اور ہر بار اس نے اپنے کو چُرالیا تھا اسے ڈر لگنے لگا تھا۔ کہیں یہ نگاہوں کا جال اُسکے

گرد گھیرا نہ بن جائے اور وہ ان سے کبھی باہر نہ نکل سکے۔

ہر بار اس نے دھڑکتے دل سے ان نگاہوں کو اپنے خیال سے نکالنے کی کوشش کی تھی۔ اور اپنی ذات کے خول میں اپنے آپ کو چھپا لیا۔

اُسے اس دُنیا سے کوئی مطلب نہیں جہاں اُس کی ہر آرزو کو روندا اور کُچلا گیا تھا۔ زمانے کے ستم سہنے کے بعد اس پر بے حسی کی کیفیت طاری ہو گئی تھی، اس کے جسم کے چلنے پھرنے میں اس کے ارادے کو دخل نہ تھا۔ اس نے اس دنیا سے ایک سمجھوتہ کر لیا تھا، کھاؤ پیو، محنت کرو، اور مر جاؤ، یہی زندگی کا ماحصل تھا۔

اس نے دنیا میں رہنے کے باوجود دنیا سے قطع تعلق کر لیا تھا۔ وہ ایک شمع کی طرح جلنے والی لَو بنی تھی کہ پروانے اس کے گرد جمع ہو جاتے۔ بلکہ وہ ایک راکھ کا ڈھیر تھی جس سے کہیں کوئی چنگاری نہیں۔

کچھ لوگ اس راکھ کو کُریدنے کی جسارت کرتے اور کچھ نہ پاکر غافل بن جاتے یا پھر اُسے ایک حل نہ ہونے والا معمّہ سمجھ کر مُڑ جاتے۔

اس کی شخصیت میں ایک سنجیدگی ضرور تھی، اُس کی اِنفرادیت لوگوں کی توجّہ کا مرکز تھی، لوگوں سے الگ تھلگ اسے جینے کی عادت تھی۔ آرزوؤں اور تمنّاؤں کے جال میں اُلجھنا اُسے اچھا نہ لگتا۔ یہ آرزوئیں تھیں جو پُوری نہیں ہوتیں تو دِل پر ایک داغ چھوڑ جاتیں اور اگر پُوری ہو جاتیں تو رات کا سنّاٹا چھا جاتا ——

زندگی بذات خود ایک المیہ ہے ۔زمانے نے اسے یہی سبق دیا تھا ۔
تم مجھے کیوں دیکھتے ہو—؟ اُس نے بیزاری سے پوچھا—
نہ دیکھنے کا فائدہ —؟
بہت سی اُلجھنوں سے بچ جاؤ گے"—
"یہ زندگی سے فرار ہوگا—"
پھر اس نے کوئی سوال نہ کیا ۔
لیکن اُس کے دل میں ایک اُتھل پُتھل ضرور تھی ۔
یہ کیا بیہودگی ہے ۔! اس نے سوچا ۔
ان بچوں کا باپ جو کبھی سیدھے مُنہ بات نہیں کرتا ۔ ہمیشہ اس کی تیوری چڑھی رہتی ۔ روزانہ کی یہ کڑی محنت ۔ خانہ داری سے لیکر بازار ہاٹ پھر اسکول کی سروس ۔زندگی کیا تھی ایک دوڑ دھوپ تھی۔ اسے کچھ سوچنے کا موقع نہ تھا—
اور آخر اسے بیماری لاحق ہوگئی چلنا پھرنا مُشکل ہو گیا ۔اب مرجانا ہی اچھا ہے ۔ لیکن ایسا سوچتے ہوئے اس کی نگاہیں اپنے بچوں پر جم گیئں، اِن کا کیا ہوگا ؟ لَاحَولَ وَلَا، مرنا بھی مُشکل ہوگیا۔
علاج کی بے پرواہی سے مرض بڑھتا گیا ۔بچے ریں ریں کرکے اس کے گرد چکر لگایا کرتے بڑی لڑکی مُشکل سے آٹھ سال کی ہوگی جو اس کی دیکھ بھال کرتی ۔
مجھے ہسپتال جاکر مرنا اچھا نہیں لگتا، اس نے اپنے شوہر سے کہا ۔

تو مرد گھر ہی میں۔ اس نے اپنی میلی قمیص کھونٹی سے اُتار کر پہن لی اور نکل گیا۔

کچھ تو کرنا ہی ہوگا۔ اس نے بڑی مشکل سے ایک خط لکھا، اور اپنی لڑکی کو لیکر بھیجا ——

تھوڑی دیر میں ایک جوان آدمی جس کی مونچھیں بھوری اور آنکھیں مقناطیسی کیفیت رکھتی تھیں اندر آگیا ——

وہ مجموعی اعتبار سے ایک شریف آدمی لگتا تھا ——

اُس نے متاسف نظروں سے اُسے دیکھا ——

تم نے مرنے میں اتنی جلدی کیوں کی؟ جیسے وہ سوال کرنا چاہتا ہو۔

تم ان بچوں کو یتیم خانہ میں بھرتی کر دینا، کہنا ان کا کوئی نہیں ہے۔

کاش میرا کوئی گھر ہوتا، میں ان بچوں کو رکھ لیتا اس نے افسردگی سے سر جھکا لیا۔

"گھر بسانے سے پہلے عورت کی قدر کرنا سیکھ لو، ورنہ عورت کا میرے جیسا انجام ہوگا، جو شادی کرتا ہے عورت کا نازک آبگینے کی خبر نہیں رکھتا، ہر اُس عورت کا انجام یہی ہوتا ہے ——"

یہ کہہ کر وہ رونے لگی ——

اُس کے دُوسرے دن ایک جنازہ چند آدمیوں کی معیت میں قبرستان کی طرف جا رہا تھا اور چند بچے یتیم خانہ کی چہار دیواری سے سر ٹکائے بیٹھے رو رہے تھے ——

وہ چور بھی تھا ڈاکو بھی تھا اور لٹیرا بھی ۔ اس نے بڑے بڑے کارنامے انجام دئے تھے، اس نے بڑے سے بڑا فریب کیا تھا۔ دھوکے اور جعلسازی سب ہی کچھ کئے تھے۔

وہ دُنیا کا بُرا انسان تھا اور آج بھی وہ ایک آدمی کا تعاقب کر رہا تھا۔

لیکن آج اس کے دل کے قریب ایک ہلکی ہلکی آنچ سُلگنے لگی تھی. اُس کا دل جو ہمیشہ لوہے کی طرح سرد رہتا تھا۔ آج ایک نرم سی آنچ پر پگھلنے لگا تھا۔

بائیں ہاتھ میں بریف کیس پکڑے اور داہنے ہاتھ کی انگلیوں میں سگریٹ پکڑے جب وہ پلیٹ فارم پر اُترا تو خیرے کی عُقابی نِگاہوں نے اُسے پکڑ لیا ـــــ

وہ بڑا چوکنا سا لگ رہا تھا۔ غالباً اُس کے پاس کچھ رقم تھی۔۔۔ بریف کیس پر اُس کی گرفت مضبوط تھی. وہ بڑے احتیاط سے قدم اٹھا رہا تھا، گاہے گاہے وہ رُک کر اِدھر اُدھر دیکھنے لگتا۔۔۔

خیرے اس سے سو قدم کے فاصلے پر برابر نظریں جمائے چل رہا تھا. دُنیا اسے خونی، قاتل، ڈاکو ہر نام سے جانتی، وہ ایک خوفناک ترین انسان تھا۔ اسکے دل میں رحم کا جذبہ نہ تھا۔ اس نے بڑے معرکے سر کئے تھے۔ اور یوں چُٹکی بجاتے اپنا کام انجام دیتا کہ کسی کو کانوں کان نہ خبر پہونچتی۔۔۔

ایک عام انسان سے ڈاکو بننے میں اس نے کتنی منزلیں طے کی تھیں یہ ایک الگ لمبی داستان تھی۔۔۔

ہاں تو وہ اس آدمی سے سو قدم کے فاصلے پر چل رہا تھا لیکن وہ آدمی بڑا ہی چوکنا دکھائی دے رہا تھا اس کا قدم بڑا نپا تُلا پڑ رہا تھا۔ گھنی مُونچھوں کے نیچے اس کے ہونٹ سختی سے بھینچے ہوئے تھے۔

اور خیرے کی آنکھوں میں ایک شکاری کی چمک پیدا ہو چکی تھی۔ اس کے شکار کی رفتار کچھ مدھم ہو گئی تھی۔ خیرے نے اپنی کمر ٹٹولی اور چاقو پر اس کی گرفت مضبوط ہونے لگی۔ بریف کیس والا دم لینے کے لئے ایک پان کی دوکان پر رُکا اور ایک سگریٹ جلا کر آگے بڑھ گیا، معلوم ہوتا تھا کہ اسے کہیں نزدیک ہی جانا تھا۔ پھر اچانک وہ ایک گلی میں مُڑ گیا۔ خیرے کے قدم تیز ہو گئے، اُن کا درمیانی فاصلہ بڑی تیزی

سے کم ہونے لگا۔ گلی میں وہ اب بھی سیدھا جاتا دکھائی دے رہا تھا۔ گلی طویل تھی اور اس میں کئی موڑ تھے۔ خیبرے بھی چوکنا ہوگیا تھا وہ کسی موڑ میں غائب نہ ہوجائے وہ بڑی تیزی سے اس کے قریب پہونچ گیا ——

مگر یہ کیا—— اُس کے دل کو کیا ہونے لگا تھا چاقو پر اسکی گرفت اب بھی مضبوط تھی، مگر اس کا دل کمزور ہونے لگا تھا۔ ایسا تو کبھی نہ ہوا تھا اس نے کتنے ہی خوفناک معرکے سر کئے تھے اور تنہا ہی کئے تھے ——

بریف کیس والا جو چھریرے جسم اور اوسط قد کا آدمی تھا۔ سُرمئی پینٹ، سفید شرٹ اور سر پر مختصر سے بال، خیبرے اپنے آپ کو جھنجھلا گیا۔ اسے کیا ہوگیا ہے۔ کہیں نہ کہیں کچھ گڑبڑ ضرور ہے۔ اور اسے ایسا لگا کہ وہ بدلتا جارہا ہے، اس کے اندر سے نفرت کا انتقام اور غصہ کا جذبہ سرد پڑتا جارہا تھا۔ دُنیا نے اُسے بڑی ٹھوکریں ماریں تھیں، اور وہ ہر ٹھوکر کے بعد اور بھی بدمعاش بنتا گیا۔ اور آج تو معاملہ ہی کچھ عجیب تھا۔ وہ ایک ڈاکو سے ایک معمولی آدمی بنتا جارہا تھا۔ شاید وہ یہ کام انجام نہ دے سکے ——

اچانک اسے اُستاد کی بات یاد آگئی۔ خبردار! چوکنا نہیں —— اس کے پاس ایک گراں قدر رقم ہے۔ اسے تمہیں کسی قیمت بھی اُڑانا ہے چاہے اس آدمی کی ہتیا ہی کیوں نہ کرنی پڑے۔

یہ یاد آتے ہی وہ لپک کر اس کے سامنے آگیا اور کھٹ کی آواز سے چاقو اس کے سامنے آگیا اس کی نوک اسس کے سینے پر ٹیک دی ـــــ

لیکن وہ آدمی ذرا نہ گھبرایا۔ اُس نے بڑے انداز سے اپنا سیاہ چشمہ اُتارا اور مسکرا دیا ـــــ

خیرے بھونچکا سا کھڑا تھا۔ پھر اچانک اتنی ہی تیزی سے ایک گھنگریالے بالوں والا دُبلا پتلا لڑکا اس کے سامنے کھڑا تھا۔

ارے پنوا! سالے کہاں مر گئے تھے ۔اتنی دیر سے چیخ رہا ہوں۔ ـــــ کھڑے کھڑے ٹانگیں دکھنے لگیں ۔ آج بھی غیر حاضری لگ جائے گی اور ہمیں پھر کلاس سے باہر نکال دیا جائے گا۔

وہ اپنی پیٹھ پر بستہ لٹکائے اسے گالی بک رہا تھا۔ اس کی زبان سے نکلا۔ پنچو تم !

اور خیرے لمحہ بھر میں چھوٹا سا پنچو بن گیا ـــــ اپنے معصوم بچپن کے جذبہ سے سرشار ایک چھوٹا معصوم اسکول کا دس سالہ طالبعلم اپنے دوست ہری کے سامنے کھڑا تھا

ہری! وہ جیسے خواب میں بڑبڑایا۔ اور پھر اُس نے اپنا چاقو نفرت سے نالے میں پھینک دیا ۔ اور ایک دم اُس سے لپٹ پڑا۔ آنسو اس کے رخسار کو بھگو رہے تھے۔ اور انسانی نفرت کا جذبہ پگھل کر بہ چکا تھا۔ ایک خوفناک ڈاکو سے ایک معمولی لڑکا بنا وہ اس کے گلے سے لپٹا اب بھی رو رہا تھا۔

عصمت آرا

خدشہ

کچی دیواریں لیپنے پوتنے سے اُس کا سارا چہرہ چھینٹوں سے بھر گیا تھا۔ اور ملگجا دُوپٹہ مٹی کا رنگ اختیار کر چکا تھا —

یااللہ پھوپھی جان لاٹ گورنر ہوگئیں، ثریا سوچتی جارہی تھی۔ سارا گھر دھوتے صاف کرتے یوُں ہی شام بیتی جارہی ہے — ابھی آنگن اور غسل خانے کی صفائی باقی ہے، اس نے بیزاری سے اپنے سر کو جھٹکا، اور بانس کی سیڑھی کھسکا کر پھر چڑھنے لگی۔

ثریا بیٹی! اُس کی امّی چیخ رہی تھیں۔ ایک کمرہ صاف کرنے میں سارا دن بِتا دیا کب چائے بناؤ گی؟ تمہارے ابُّو آتے ہوں گے، وہ پلنگری پر بیٹھی بچّی کی قمیص درست کررہی تھیں —

بس، امّی آئی —

بھلا بتائیے تو امّی آج چار سال بعد کیوں آرہی ہیں —؟

پچھلے سال منا مر گیا ایک تعزیتی خط بھیج کر رہ گئیں، آج انھیں آنے کی کیا ضرورت پڑ گئی ——؟

اور امی جواب دینے کے بجائے کسی سوچ میں گُم ہوگئیں۔

باہر ابا کے قدموں کی چاپ اُبھری ۔

لو ابا میاں بھی آہی گئے اس نے جلدی سے دوپٹہ درست کیا۔ جو اس کے گداز جسم سے چپک گیا تھا۔ سنہری مٹی کے چھینٹے اس خوبصورت جسم پراس طرح پڑے تھے جیسے سونے کی مورتی میں کمتر دھات کی آمیزش کردی گئی ہو۔

باہر سے بچے شور مچاتے آرہے تھے ۔بستے پٹخے۔ سلیپر گھسیٹے۔ گھر میں ایک طوفانِ بدتمیزی برپا ہو چکا تھا۔

"امی گجن نے میری سلیٹ توڑ دی۔"

"ابا آج سدن میاں کی خُوب پٹائی ہوئی۔ ٹاسک نہیں لے گئے۔"

"مجھے بڑی زور کی بھوک لگی ہے" ثمینہ مچل گئی ——

ابا میاں کی قمیص جگہ جگہ سے گِھس چُکی تھی۔ لیکن کریز ابھی درست تھی، بڑی احتیاط سے کھونٹی میں لٹکا رہے تھے ۔ پھر لوٹا اٹھاکر باتھ رُوم میں گئے ——

"اف! تم لوگ میرا دماغ کھا گئے" امی بھنّا گئیں، اُف کتنا کام پڑا ہے۔ ارے کل تمہاری پھوپھی جان آرہی ہیں ——

امی نے جیسے اعلان کیا ——

ابّا جان ہاتھ دھوتے دھوتے رُک کر دیکھنے لگے ——

"کوئی خط آیا ہے کیا" —— ؟

پھوپھی جان آئیں گی، اَہا پھوپھی جان آئیں گی —— !

بچے ایک راگ سے الاپنے لگے ——

"ہمارے لئے گڑیا لائیں گی"۔ ننھی ثمینہ کہہ رہی تھی۔ گنجی سر جھکا کر بولا، "ہماری گیند لائیں گی"۔

"خاک لائیں گی"، ثریا نے اس کے سر پر ایک دَھپ جما دیا۔

اسے یاد آیا۔ اُف پھوپھی جان کتنی مغرور ہیں پچھلے چار سال ہوئے ہمارے یہاں آئی تھیں جب واجد میاں انگلینڈ جارہے تھے ملاقات کرنے وہ بھی آئے تھے، پھوپھی جان ساتھ تھیں، انہوں نے ہمارے گھر کو دیکھ کر سڑا سا مُنہ بنایا، جیسے کہیں کی مہارانی محل سے نکل کر فقیر کی جھونپڑی میں آگئی ہو۔ وہ تو سچ مچ مہارانی تھیں، بھلا آفیسر کی بیوی جو ٹھیریں، اسی لئے دادی اماں کہتی تھیں ——

"میری بیٹی کی طرح اللہ سب کی لڑکیوں کی نصیب بنائے"۔ میں نے جب لڑکی کی شادی کی تھی ساجد میاں معمولی اسکول کے مُدرّس تھے پھر انہوں نے امتحان دیکر بی، اے پاس کیا، آئی، ایس کے امتحان میں بیٹھے۔ پھر آفیسر ہوئے۔ "میری بچّی کی تقدیر میں رانی بننا لکھا تھا"۔ وہ رشک سے کہتیں ——

ثریّا سوچتی۔ ابّا بھی گریجویٹ ہیں، آخر اُن میں کیا کمی ہے صرف

دفتر میں کلرک بن کر رہ گئے۔ سچ ہے امّی ہی کی نصیب اچھی نہیں
اس نے ایک آہ بھری اور میلے کپڑوں کی گٹھری اٹھائے غسل خانے میں
گھس گئی، بھلا یہ منّو چنّو میلی قمیص اور بنیان پہنے گھومیں گے تو پھوپھی
جان کتنا ناک سکوڑیں گی۔ اور پھر ان کے بچّوں کے جگ مگ کپڑوں کو دیکھ
کر میرے بھائی بہن کتنے احساسِ کمتری کا شکار ہوں گے۔ یا اللہ پھوپھی
جان نہ آئیں تو بہتر ہے ——

اسے پھوپھی جان کا آنا ایک آنکھ نہ بھاتا۔ وہ آتیں تو میلی ساری سی
باندھے میری امّی ان کے سامنے بالکل ماما دکھائی دیتیں، ابّا میاں پھوپھا
ابا کے سامنے چپراسی لگتے، اُن کے زرق برق شاندار ملبوسات کے
سامنے ہم بالکل اُن کے رشتہ دار نہیں لگتے، اور خود واجد میاں سوٹ
بوٹ میں بالکل کہیں کے پرنس لگتے، اور وہ خود اُن کے سامنے کتنی
حقیر اور چھوٹی معلوم ہوتی۔

واجد میاں کا خیال آتے ہی اس کا دل نرم ہوگیا، مگر کتنے
اچھے ہیں واجد بھائی۔ کتنی ممتا کتنی اپنائیت ہے اُن کے لہجے میں
بالکل نہیں لگتا کہ پھوپھی جان کے بیٹے ہیں، پھوپھی جان آتیں تو رعب
جما کر کہتیں۔" بھائی تم نے لڑکیوں کو بالکل جنگلی اور گنوار بنادیا ہے
بڑی پھوہڑ اور بد سلیقہ ہیں، کیسے اِن کی شادیاں ہونگی —— ہماری
لڑکیوں کو دیکھ ——"

اور ثریّا کا دماغ کھولنے لگتا۔

"یااللہ پھوپھی جان نہ آئیں"۔ ثریا نے دل سے دعا مانگی۔ اسے وہ دل آزار واقعہ یاد آرہا تھا جب واجد بھیا انگلینڈ جارہے تھے امّی سے ملنے آئے تھے پھوپھی جان بھی آئیں، کون خان بہادر تھے جن کی لڑکی "مِس نسیم" کا باربار تذکرہ کرتیں، اس کی تعریف میں زمین آسمان کے قلابے ملا رہی تھیں۔ بس سارے جہان کی خوبصورتی اور خوبیاں جیسے اس لڑکی میں اکٹھا ہوگئی تھیں ___

وہ چائے کی ٹرے اٹھائے لارہی تھی، زمین کچی تھی کہیں گڈھے میں پیر گیا، وہ پھسل کر گر پڑی۔ ٹی سیٹ جو کہیں پڑوس سے مانگ کر آیا تھا گِر کر چکنا چُور ہوگیا۔

وہ کتنی شرمندہ تھی۔ اس پر تو جیسے گھڑوں پانی پڑگیا۔ پھوپھی کِھلکھلا کر ہنس رہی تھیں، امّی کی آنکھوں میں آنسو تھے۔ اور وہ چائے سے جلنے کی تکلیف بھول گئی۔

اور پھوپھی نے جو لتے لیئے کیسے کیسے خطابات سے نوازا تھا کیسے کیسے فِقرے کَسے تھے، سارے تیر اس کے دِل پر لگ رہے تھے ___

ثریا بھاگ کر اپنے کمرے میں گھُس کر تکیے پر گرگئی اور رونے لگی "ثریا" واجد بھائی اسے آواز دے رہے تھے ___

"ثریا اُٹھو" انہوں نے اسے اٹھا کر کھڑا کردیا اور بولے "بس اتنی سی بات پر رونے لگی۔ ابھی تو بہت طوفان آئیں گے۔ تجھے ڈٹ کر

ان کا مقابلہ کرنا ہوگا۔" وہ آنسو بھری آنکھوں میں جھانک کر مُسکرانے لگے۔

کتنے معنی خیز فقرے تھے ان کے۔

"چلو چلو مُنہ ہاتھ دھو کر تیار ہو جاؤ۔"

نہ جانے اُن کی باتوں میں کیا قوت تھی۔ وہ سچ مچ سب کچھ بھول کر مُنہ ہاتھ دھو کر تیار ہوگئی، اور جو کاجل آنسوؤں سے دُھل کر بہہ چکے تھے پھر ان میں کاجل سجا لیا۔

آئینہ میں خود کو دیکھنے لگی۔ وہ کسی سے کم ہے اس نے خود کو تحسین آگیں نگاہوں سے دیکھا۔ وہ ایکدم اپنی سطح سے بلند ہوگئی تھی۔

ثریا کے پاس ابھی ڈھیر سارے گندے کپڑے بکھرے تھے۔

صابن کے جھاگ میں لپٹی وہ بھیگ چکی تھی۔

انسان کبھی کبھی کتنا خود فریبی میں مبتلا ہو جاتا ہے، کہاں وہ اور کہاں واجد بھائی کہاں آسمان اور کہاں زمین جو بظاہر ہر طرف ملے نظر آتے لیکن کہیں بھی نہیں ملتے، ان کی مہربانیوں پر اسے محبت کا گمان ہونے لگا تھا۔ خدا کا شکر ہے اسے جلد ہوش آگیا۔ اور پھوپھی جان کے تئیں نفرت کا ایک سمندر پھر دل میں اُبلنے لگا۔ اور اس کے سارے لطیف احساس مر گئے ـــــ

"بیٹی ذرا جلدی چائے پلا دے!ـــــ"

ابّا جان کا تھکا لہجہ اُسے پگھلا گیا ـــــ

اس نے تیز دھار میں ہاتھ ڈال دیئے۔ اس کی کلائیاں ڈھل کر دکھنے لگیں ـــ جلدی جلدی منہ پر چھینٹے مار کر اُٹھ کھڑی ہوئی شلوار کا پُورا پائنچہ شرابور ہو چکا تھا، پھر سلیپر گھسیٹتی باورچی خانہ میں گھس کر اِسٹو جلانے لگی۔

"پھوپھی ڈھیر ساری مٹھائیاں لائیں گی نا"

ننھے گنجی نے بڑے معصومانہ انداز میں اس سے پُوچھا۔

اسے غصہ آگیا۔ "آخر یہ بچے پھوپھی جان سے اِس قدر کیوں آس لگائے بیٹھے ہیں" اس نے جھنجھلا کر اسے کھا جانے والی نگاہوں سے دیکھا لیکن اچانک پھر رحم کا جذبہ اُمنڈ پڑا۔ ننھا گنجی جو صرف ڈھائی سال کا ہے۔ کِتنا بھولا ہے ـــ!

"تمہیں مٹھائی اچھی لگتی ہے نا گنجی ـــ!"

"بہت اچھی!"

میں تمہارے لئے ڈھیر ساری مٹھائیاں لاؤنگی۔ پھوپھی کیوں لائیں گی ـــ؟"

اُس نے تھوڑی سی چائے اس کے آگے پیالی میں ڈال دی تاکہ وہ اسی میں بہل جائے اور ننھا گنجی بس اتنے ہی سے بہت خوش ہو گیا ـــ

آپا جان آپ کتنی اچھی ہیں ـــ"

ارے لو پھوپھی جان آ ہی گئیں اس کا دل دھک سے ہو گیا۔

ابا جان کرسیاں جھاڑنے لگے۔ یہ پھوپھی جان کہیں کی مہارانی لگ رہی تھیں گلے میں سچے موتیوں کا ہار کان میں قیمتی آویزے اُنگلیوں میں ہیرے کی انگوٹھی، زعفرانی ساری میں وہ بہت خوبصورت لگ رہی تھیں ——

ہاتھ میں ٹرے تھامے وہ انہیں محویت سے دیکھ رہی تھی اچانک اسے خیال آیا۔ ابا کے برابر کوئی حضرت اسے بڑے غور سے دیکھ رہے تھے۔

"یہ ہے میری بھتیجی"! انہوں نے اسے مخاطب کیا۔

ڈھیلے ڈھالے کپڑوں میں ملبوس —— وہ عجیب بے ڈھنگا سا آدمی تھا۔ لمبوترا چہرہ، چونچ دار ناک، اُونٹ جیسی طویل گردن کوتہ قد!۔ جیسے ابھی ابھی کسی چڑیا گھر سے بھاگ آیا ہو۔

بعض چہرے کس قدر کسی جانور سے مشابہ ہوتے ہیں ثریا نے سوچا۔

"ارے بیٹی ثریا! ذرا کپڑے تبدیل کر آؤ" پھوپھی جان کے خلوص میں جانے کیسی مکاری ٹپک رہی تھی۔ اس کا ماتھا ٹھنکا—— وہ کھسک آئی۔

نہ تو کپڑے تبدیل کئے اور نہ دوبارہ کمرے کا رُخ کیا بس باورچی خانے میں گھُس کر رات کے کھانے کا انتظام کرنے لگی۔ اس کے ابا اور امی پھوپھی کو گھیرے تھے۔ پھوپھی آج خلاف توقع بہت

چہک رہی تھیں۔

ابّا اور امّی کبھی کبھی ان کی باتوں پر بے جان سا قہقہہ لگاتے "مفلسی بھی کیا بری شے ہے"۔ اس نے سوچا" انسان اپنی ساری خودداری کھو دیتا ہے —

اسے یہ سب کچھ اچھا نہ لگ رہا تھا۔ چراغ کی مدھم روشنی اور لکڑیوں کا زرد شعلہ کمزور روشنی کا جال پھیلا رہا تھا۔ اونگھتی ہوئی ثمینہ روٹیاں پکنے کا انتظار کر رہی تھی۔ ایک گوشہ میں ٹاٹ پر سدن بیٹھا سلیٹ پر پہاڑہ لکھ کر یاد کر رہا تھا۔ ثریا نے بچوں کو سمیٹ کر انہیں اپنے کام میں مصروف کر دیا تھا تاکہ انہیں کچھ سوچنے کا موقع نہ ملے۔

اچانک پھوپھی جان جھماکے کے ساتھ نازل ہوئیں۔

اے لو!" وہ چلّائیں "لڑکی تجھے میں نے کپڑے بدلنے کو کہا اور تو یہاں روٹیاں سیکنے لگی"۔ انہیں اپنے حکم کی خلاف ورزی پر سخت غصہ آ رہا تھا —

"کیا ضرورت ہے، میں بالکل ٹھیک ہوں"۔ "مجھے ابھی بہت سارے کام نپٹانے ہیں"۔ وہ سر جھکائے پھر روٹیاں بیلنے میں مصروف ہو گئی —

"لو اور کہو — ضرورت کیسے نہیں؟ — وہ تجھے دیکھنے آیا ہے تمہارے پھوپھا کے دفتر میں اسٹینو ہے۔ کتنی مشکل سے اُسے راضی کیا ہے۔ لڑکا اتنا اچھا ہے کہ تمہارے باوا کے ڈھونڈے نہ ملیگا"۔

وہ گویا احسانات کا ایک گٹھر اس کے سر پر پھینک کر بولیں۔
ثریا کی آنکھوں میں آنسو آگئے ___
آہ! تو اسے پھوپھی جان کے آنے کا مقصد ظاہر ہوگیا ___ لیکن بیٹھے بٹھائے انہیں میری شادی کی فکر ستانے لگی، آخر انہیں کیا پڑی ہے ___؟
"میری شادی کے لئے میرے ابا اماں کافی ہیں آپ کو کیا تکلیف ہے" اُس نے بڑی تلخی سے جواب دیا۔ وہ سُن رہ گیئں۔ ایسا جواب انہیں دُو ٹکے کی چھوکری دے سکتی ہے۔ ان کے وہم دگمان میں بھی نہ تھا ___
اُس نے دل میں طے کرلیا۔ وہ ہرگز پھوپھی جان کی طے کی ہوئی شادی نہ کرے گی۔ اور پھر وہ آدمی اُسے کہیں بھی نہ نچ رہا تھا۔ وہ رونے لگی ___
پھُوپھی غصہ میں بپھری ہوئی واپس ہوگیئں۔ اور ابا کو صحن میں بُلا کر برس پڑیں۔" لڑکی کو بے شرم بے حیا اور ڈھیٹ بنا کر رکھ دیا ہے ___ نہ بڑوں کا اَدب نہ تہذیب، خودسر لڑکی"۔ اُف! "میں جانتی تو ہرگز تمہارے دروازے پر نہ آتی"
ابا مُجرم بنے سر جُھکائے کھڑے تھے۔ امی کے چہرے پر البتہ ناگوار اثرات پھیلے تھے۔ وہ چُپ تھیں۔ لیکن انہیں پھُوپھی کی بات بالکل اچھی نہ لگ رہی تھی ___

وہ سوچ رہی تھیں، ثریّا ایسی لڑکی تو ہزاروں میں نہ ملے گی۔ اعلیٰ تعلیم یافتہ، عمدہ کردار، بلند اِرادہ اور باحوصلہ لڑکی جس نے مُفلسی میں رہ کر کبھی اپنی اَنا کو مجرُوح نہ ہونے دیا۔ ایک شہزادی کی طرح پُروقار ـــ خوبصورت! کاش وہ اپنی بچّی کے جوڑ کا کوئی شہزادہ تلاش کرسکتیں! لیکن افلاس نے اُن کے لب پر مہرِ سکوت لگا دی تھی۔

"اس کے جانے نہ جانے سے کیا ہوتا ہے"۔ آخر ابّا بول پڑے" لڑکی تو اُس نے دیکھ ہی لی۔

پھوپھی بھی کچھ مدّھم پڑگئیں۔ نہ جانے کیا سوچنے لگیں ـــ پھر بولیں۔"لڑکا تو تم نے دیکھ ہی لیا۔بس بات پکّی کرکے تاریخ مقرر کردو، اور دو بول نکاح کے پڑھوادو ـــ بس ایک ہفتہ کے اندر ـــ" انہوں نے ساری کا پلّو سنبھالتے ہوئے کہا۔

مگر ـــ امّی چونکیں "اتنی جلدی کیا ہے"۔

"جلدی اور دیر کا کیا سوال ....؟ تمہیں جہیز کچھ دینا نہیں ہے۔ میں نے شادی کے انتظامات مُکمل کرلئے ہیں۔

"واجد میاں کو تو آجانے دو ـــ! اب تو اُن کے آنے میں صرف پندرہ دن رہ گئے ہیں۔ اُن کی موجودگی میں کیوں نہ شادی ہو"۔

ابّا لاشعوری طور پر واجد کی موجودگی ضروری سمجھ رہے تھے۔

پھوپھی جان کسی مبہم خوف سے سہم گئیں۔ پھر سنبھل کر بولیں۔ "ارے اُس کا رہنا کیا ضروری ہے"۔ پھر کچھ سوچ کر کہنے لگیں۔"اور پھر اُس کے آتے ہی اس کی شادی کے انتظامات شروع ہو جائیں گے ——"

"امی جان چُپ چاپ بیٹھی چھالیا کتر رہی تھیں۔ اُن کا سر جُھکا ہوا تھا۔ اور ابا میاں ہکا بکا پھوپھی کا مُنہ تک رہے تھے۔ اُن کی سمجھ میں کچھ نہ آرہا تھا——

اور ثریا کا مارے غصہ کے بُرا حال تھا، اُس کا جی چاہ رہا تھا وہ پھوپھی کو گھر سے نکال دے وہ کیا ان کے گھر کی کوئی ماما ہے جو اُن کی خیرات پر اُن کی مرضی سے شادی کریگی۔

اس کا خُون کھول رہا تھا مگر وہ ضبط سے کام لے رہی تھی لگتا ہے امی ابا نے اُسے جنم دے کر کوئی گناہ کیا ہے۔ بھلا ایسی کیا بات ہوئی تھی کہ پھوپھی اُس کی شادی کی جلدی مچائے تھیں۔ دیگچی زمین پر پٹخ کر وہ کھڑی ہوگئی۔ دریچے میں کھڑے ہو کر اس نے باہر اندھیرے میں کچھ دیکھنے کی کوشش کی اچانک ایک سفیدی لہرائی اور پھر ایک انسانی پیکر کا روپ دھار گئی۔

معظم بھیا کی گونج دار آواز اُبھری۔

"میں اندر آجاؤں"——؟ انھوں نے دروازے پر دستک دی ——

"کون معظم بیٹے! آجاؤ"! ابا جان کو جیسے بڑا سہارا مل گیا۔

معظم بھائی اُس کے چچا کے سب سے بڑے بیٹے تھے۔ اور ابّا کے سب سے بڑے ہمدرد، اُن کے ابّا کے انتقال کے بعد میرے ہی ابّا نے اُن کی پرورش کی تھی، ایم۔ اے تک تعلیم دلوائی، شادی بیاہ سب ابّا ہی نے کیا تھا۔ ہمارے گھر کے اخراجات میں معظم بھیّا کی آمدنی کا بڑا حصّہ تھا۔

معظم بھیّا عجیب و غریب شخصیت کے مالک تھے۔ انگلش کے بہترین لکچرر لیکن انداز بالکل مولویانہ۔ اسلامی جماعت کے سرگرم کارکن تھے بڑے مؤدبانہ انداز میں اندر آئے اور پھوپھی جان کو دیکھ کر ذرا بھی نہ چونکے۔ جیسے اُنہیں اُن کے آنے کی خبر مل چکی ہو۔

بڑے اطمینان سے وہ ایک کرسی کھینچ کر بیٹھ گئے۔

"تو پھوپھی جان' یہی وہ خوش نصیب ہستی ہے۔۔؟ جسے آپ نے غریب ثریا کے لئے منتخب کیا ہے۔۔؟" انہوں نے کمرے میں جھانک کر دیکھا۔ اُن کے لہجے سے تیکھا طنز ٹپک رہا تھا۔۔ پھوپھی تلملا گئیں۔

ایک معظم بھیّا تھے جن سے پھوپھی ہمیشہ دھونس کھاتی تھیں بڑے مضبوط ارادے کے آدمی تھے۔ پھوپھی کی اُن کے سامنے ایک نہ چلتی تھی۔

"ہاں! ہاں! یہی ہے وہ! ۔۔۔ اب تم بھی کچھ مین میخ نکالو گے۔۔"

پھوپھی جان کو معظم بھیا کا آنا اچھا نہ لگ رہا تھا۔

"تو پھوپھی جان، انہیں ساتھ خیریت کے واپس کر دیجیے۔!"

"کیوں ایسی بات کہتے تمہیں شرم نہیں آتی۔ اتنی جوان لڑکی گھر میں کب تک پڑی رہے گی۔ آخر کہیں نہ کہیں اس کا ٹھکانا ہوگا یا نہیں ـــ یا تم لوگ اسے زندگی بھر سڑاؤ گے ـــ؟

ثریا دیوار سے لگی گہری سانس لے رہی تھی۔ پھوپھی جان کچھ نہ کچھ بولے جا رہی تھیں۔ معظم بھیا خاموش کچھ سوچ رہے تھے ـــ

بہت دیر کے بعد وہ گویا ہوئے " ثریا کی شادی کی اب زیادہ فکر مجھے ہے۔ آپ کو تکلیف کرنے کی کوئی ضرورت نہیں میں نے لڑکا اس کے لئے تلاش کر لیا ـــ" آپ کو یہ سُن کر خوشی ہوگی کہ لڑکا بہت اچھا ہونہار ہے اور ڈاکٹر ہے۔

پھوپھی چونکیں۔

"کون ہے ـــ؟ کہاں کا ہے ـــ؟ مجھے بھی تو بتاؤ آخر میں کیا اُس کی دشمن ہوں ـــ؟"

"بس مِل گیا آپ کو اس سے کیا ـــ آپ کو اس سے کیا مطلب" ـــ؟ پھوپھی کا پارہ اُوپر چڑھ گیا۔

"ہاں میں کون ہوں۔ میں کیا اپنا خون ہوں" ـــ انہوں نے طنزیہ کہا ـــ

ثریا کی سمجھ میں نہ آیا حقیقت کیا ہے ۔ اُسے تو معظم بھیا اچھے لگ رہے تھے ۔ کیسا انہوں نے پھوپھی کو جواب دیا۔ بالکل فرشتۂ رحمت بن کر پُھوپھی سے نپٹنے آپہونچے تھے ۔

وہ کُچھ رُک کر بولے " شادی بھی ایک مہینہ کے اندر ہوجائے گی ——"

"جلدی کیوں نہیں کرتے ——؟" ایسا نہ ہو لڑکا ہاتھ سے نِکل جائے" انہوں نے خدشہ ظاہر کیا ——

" جلدی کیا ہے ، ابھی تو اس کے آنے میں پندرہ دن کی دیر ہے ۔ آجانے دیجئے سب کچھ ہو جائے گا —"

"کہاں سے آرہا ہے" —؟ پُھوپھی کا دل نا معلوم خوف سے کانپ رہا تھا ——

لندن سے "!

"تم پہیلیاں مت بجھواؤ" —— !

"پہیلیاں بجھوانا میری عادت نہیں" ۔

ابّا اور امّی حیرت زدہ ایک دوسرے کا مُنہ تک رہے تھے انہیں معظم بھائی ایک معمّہ لگ رہے تھے ۔ اب وہ ایک لفظ بھی نہ بول رہے تھے ۔ جیسے جُملہ اختیارات اُنھیں سونپ دے رہوں

پُھوپھی جان جَلی بُھنی کمرے سے نکل گیئں ۔ اور بیٹھک میں جاکر بولیں " حمید چلے چلو ابھی ٹرین کا وقت ہے" ۔

اور وہ حکم کا بندہ ٹیکسی لانے چل پڑا۔
وہ مُنہ تھتھائے کُرسی پر نیم دراز تھیں۔
بہت دیر بعد ابّا نے خاموشی توڑی "آخر قصّہ کیا ہے ـــ؟ کیا واقعی کوئی لڑکا ہے ـــ؟
"میں کبھی جھوٹ نہیں بولتا چچا جان"۔ معظم بھائی مُسکرائے اُن کی مُسکراہٹ اندھیرے میں کرن بن کر چمک رہی تھی۔
کل ہی مجھے واجد کا خط ملا ہے۔ انہیں پھوپھی امّاں کے ارادے کی بھنک مِلی تو گھبرا کر مجھے خط لِکھ دیا۔ لندن جانے سے قبل انھوں نے مجھ سے وعدہ لیا تھا کہ ہر قیمت پر ثریّا کی حفاظت کروں۔ کہیں ایسا نہ ہو میرے آنے سے قبل امّاں کچھ گُل کھلا بیٹھیں ـــ کیوں کہ وہ جانتی تھیں۔ واجد میاں ثریّا کے سوا کسی سے شادی نہ کریں گے۔ اس کے لئے کتنی ہی بار ماں بیٹے کے درمیان تکرار ہو چکی ہے۔
ابّا اور امّی کو یقین ہی نہ آتا تھا۔ لیکن ثریّا کو واجد کی وہ آنکھیں یاد آتی تھیں جن کی گہرائی میں وہ اکثر ڈوب جایا کرتی ـــ دو گہری سیاہ آنکھیں ـــ اس کے ہونٹ ایک ازلی و ابدی سرور کے تحت مُسکرا پڑے ـــ۔